KB038841

영혼의 울림

세계의 기독교 명시

정연복 엮음

한울

영혼의 울림

세계의 기독교 명시

이 도서의 국립중앙도서관 출판시도서목록(CIP)은 서지정보유통지원시스템 홈페이지(http://seoji.nl.go.kr)와 국가자료공동목록시스템(http://www.nl.go.kr/kolisnet)에서 이용 하실 수 있습니다.(CIP제어번호: CIP2013017328)

책을 펴내며

174편의 외국 신앙시를 스무 개의 주제로 나눠 『세계의 기독교 명시』를 엮었던 것이 1999년의 일이었는데, 독자들의 성원에 힘입어 14년 만에 "영혼의 울림"이라는 제목으로 개정판을 내게 되어 감회가 새롭다.

이번 책에서는 기존 시집에 실렸던 시들 중 절반가량을 새로운 시로 바꾸었다. 아마 독자들에게 전혀 새로운 느낌의 시집으로 다가서지 않을까 싶다.

스무 해 가까이 하나둘 보석같이 모았던 시들 중 추리고 추려 190편의 시를 독자들에게 전하면서 뿌듯한 보람과 함께 마음 한구석이 두렵고 떨려온다. 시 한 편, 시 한 구절이 한 사람의 삶을 바꿔놓을 수도 있음을 내 자신도 이따금 느낄 때가 있기 때문이다.

이 시집에 실린 시들이 독자들의 영혼 밭에 떨어져 작은 생명의 씨앗으로 움트기를 기대한다.

2013년 7월 26일
엮은이 정연복

5

초판 서문

 기독교인의 영혼을 살찌울 수 있는 신앙 시집 하나 엮고 싶
은 마음을 오래전부터 뜸 들여왔습니다. 책갈피에 낙엽 모으듯
보석처럼 하나둘 모았던 시들이 이제 어느 정도 분량이 되어
한 권의 책으로 묶인다고 생각하니 기쁜 마음 그지없습니다.
막상 작업을 마치고 보니 이래저래 부족한 것만 같아 부끄러운
마음이지만, 내 나름대로 몇 달 동안 정성을 들인 작업의 결실
이기에 출산을 앞둔 산모의 심정으로 『세계의 기독교 명시』라
는 이름을 붙여 세상에 내놓습니다.
 174개의 시를 스무 개의 주제로 나눠 묶어보았습니다. 이 시
들 가운데 제가 번역한 시가 3분의 1가량 됩니다. 대부분 기도
문 형식의 시들입니다. 2년 가까이 한국기독교연구소에서 격
월로 나오는 『설교자 노트』의 성서 주석과 설교 번역을 하면서
매주 설교에 딸린 예배 자료들 가운데서 발췌하여 번역한 것이
지요. 나머지 시들은 10여 년간 여러 교회의 주보나 회지, 교회
청년들을 대상으로 한 성서 연구 교재들, 혹은 그 밖의 신앙·신

학 서적에 실려 있는 시들을 하나둘 모았던 것들이 대부분입니다. 그러므로 내가 엮기는 했지만 사실 이 책은 여러 사람들의 공동 작품이요, 이 책에 실린 많은 시들은 이미 교회 대중들의 사랑을 받으며 애송되는 시들이라고 할 수 있습니다.

시(詩)를 읽는 마음이란 어떤 마음일까요? 여백이 있는 마음, 내 마음의 한구석을 삶의 진실 혹은 진리를 위해 겸허히 비울 수 있는 마음입니다. 삶을 사색하고 성찰하는 마음입니다. 지나온 세월을 돌아보는 마음이요, 현재의 삶을 직시하는 마음이요, 오늘보다 나은 내일을 꿈꾸는 마음입니다. 무릇 마음을 맑고 순수하게 하고 영혼의 양식이 되는 글이 여러 모양으로 우리들 앞에 산더미처럼 쌓여 있지만, 바쁜 일상을 살아가는 현대인들에게 한 편의 좋은 시처럼 잔잔한 감동을 주고 삶의 위안과 기쁨과 희망을 주는 글도 달리 없을 것입니다. 절제된 언어인 한 편의 시에 농축되어 있는 의미를 사색하고 이해하려는 노력은 가히 소중하다 할 것입니다.

한 줄의 시를 읽는 걸로 하루를 시작할 수 있다면 어떨까요? 아니, 매일마다야 시를 대할 수 없겠지만, 다람쥐 쳇바퀴 돌듯 바쁘게 돌아가는 생활 중에라도 틈틈이 시간을 내어 시를 읽을 수 있는 마음의 여유를 갖는 것만으로도 우리의 삶은 한결 차분하고 풍요로워질 수 있을 것입니다. 시심(詩心)이 깃든 마음! 이 고요히 아름다운 마음이 사람들의 가슴에 자리 잡을 때 우리네 인생살이는 각박한 세파에 찌들지만은 않은 사랑과 꿈과 상상의 세계를 비행하며 한층 따스한 인정이 넘치지 않을까요.

결국 시심은 하나의 상징어인 듯합니다. 시심은 동심(童心)
이요, 신심(信心)이요, 삶의 소박한 행복을 소망하고 감사하는
마음이요, 나의 존재와 맞닿아 있는 이웃을 발견하고 사랑하는
마음이요, 삶의 진실을 갈망하는 구도자의 마음입니다. 천박한
소비주의의 물결 속에서 자칫 교만과 허영에 들뜨기 쉬운 내
마음의 온갖 추악한 것들을 발견하고 부끄러워하고 반성함으
로써 진리 앞에 겸손히 서는 인간 본래의 성스러운 모습을 회
복하고픈 마음입니다.

시심이 새록새록 솟아나는 신자들. 시심이 소중히 여김을 받
는 교회. 시심이 깃든 예배. 성경 말씀과 함께 시심이 살아 숨
쉬는 설교. 시심을 길러주는 교회 교육……. 그래서 자칫 교리
나 신학의 편협한 틀에 얽매이기보다는 사람과 사람 사이에 오
가는 깊은 정과 오늘보다 나은 내일에 대한 소박한 인간적 꿈
을 존중할 줄 아는 마음이 이 땅의 신자들과 목회자들, 신학자
들의 가슴에 깃들 수만 있다면, 한국 교회의 신앙과 신학, 예배
와 설교와 교육은 한층 성숙하고 깊어질 수 있지 않을까요.

시심의 회복으로 삶과 신앙의 변화를! 시심의 생활화로 삶의
여유로움과 인간의 본래적인 선성(善性)의 회복을! 이것은 뭔
가 거창한 구호가 아닐 것입니다. 시에 기대어 인생의 희로애
락을 넘나들던 구약의 이스라엘 백성들, 시심 같은 신심으로
들판의 백합과 공중의 새를 노래하며 한 생을 바람처럼 멋지게
사셨던 예수님, 그리고 이런 예수님의 모습에서 이 세상을 구

원할 신성(神性)을 느끼고 힘겨운 인생살이를 버틸 수 있는 위안과 소망과 힘을 얻었던 예수의 민중들의 발자취를 따라가는 일일 것입니다. 시심의 회복. 이것은 황금만능주의와 경쟁 제일주의의 소비적이고 각박한 현실 속에서 순수한 동심을 잃어가고 있는 현대인들의 인간다운 삶의 회복, 신학적으로 말해서 인간 구원의 생략할 수 없는 하나의 과제라 할 것입니다.

시란 모름지기 독자의 상상력에 기대어 자유롭게 읽혀야 제격일 텐데, 교회 현장에서 편리하게 사용할 수 있도록 내 나름대로 신앙의 일반적인 관심 영역들에 따라 스무 개의 주제를 설정하고 각 시들을 그들 중 하나의 주제에 한정시켜버린 게, 하나의 생명체와도 같은 시를 인위적 틀에 가둬 질식시켜버리는 것이 아닌지 두렵습니다. 그리고 알게 모르게 내 자신의 신앙이나 신학의 색깔이 책에 스며 있어, 일부 시들은 독자들에게 약간의 의아함이나 심지어는 당혹감을 자아낼지도 모르겠습니다. 아무쪼록 독자 여러분께서 주체적인 상상력을 마음껏 발휘하여 이 책의 시들과 깊은 대화를 나누고, 그래서 시심이 동하는 삶, 홀로의 외톨박이 삶이 아니라 더불어 사는 공동체적 삶, 하느님 앞에서 이웃과 다정히 살아가는 기쁘고 보람찬 인생을 꿈꾸고 설계하는 데 이 책이 조금이나마 도움을 줄 수 있었으면 합니다.

여러모로 부족한 내 작업의 소산물이 예쁜 책으로 세상에 태어날 수 있도록 수고하신 도서출판 한울의 여러 식구들, 그리고 이 책에 실린 시들을 짓거나 애써 번역했을, 내가 모르는 여러분들께 깊은 감사의 마음을 전합니다. 아울러, 약한 몸으로 직장 일과 교회 일, 집안일을 하느라 많이 힘들면서도 웃음을 잃지 않는 아내, 내가 바쁘다는 핑계로 많이 놀아주지 못한 아들 진교와 딸 민교에게도 고마움과 미안함의 마음을 전합니다.

끝으로, 이 책이 인연이 되어 어쩌면 신앙의 길동무가 될지도 모를 독자 여러분께도 내가 좋아하는 성서의 시 하나를 소개해 드리는 것으로 인사를 마치고 싶습니다.

모든 인간은 풀과 같고
인간의 영광은 풀의 꽃과 같다.
풀은 마르고
꽃은 떨어지지만
주님의 말씀은 영원히 살아 있다.
　　　－ 베드로전서 1장 24절

1999년 11월 2일
창문 너머로 낙엽 지는 모습을 보며

엮은이 정연복

차례

책을 펴내며 _5

초판 서문 _6

1. 찬양과 예배

경배_ 마거릿 크로퍼 • 22

아프리카 소녀의 기도_ 작자 미상 • 23

갑작스러운 기도_ 제인 머천트 • 24

예배드린다는 것은_ 조지 애플턴 • 25

주님께 합당한 찬양 기원후 3~5세기 유대교의 찬송 • 26

찬양 받으소서_ 성 프란시스 • 27

찬양하라 주님을_ 에르네스또 까르데날 • 28

2. 하느님

하느님이신 당신에게_ 조만나스 신부 • 32

너는 기다려서는 안 된다_ 라이너 마리아 릴케 • 33

우리 안에 계신 하느님_ 아빌라의 성 테레사 • 34

하느님께 드리는 기도_ 작자 미상 • 35

주는 우리에게 말씀하신다_ 작자 미상 • 36

나무들_ 조이스 킬머 • 37

희망이신 하느님_ 마리 채피언 • 38

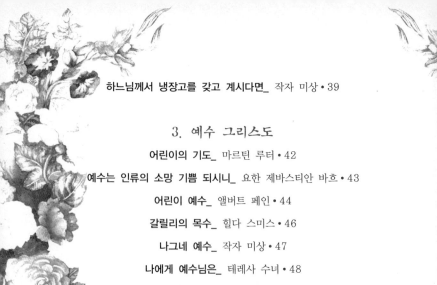

하느님께서 냉장고를 갖고 계시다면_ 작자 미상 • 39

3. 예수 그리스도

어린이의 기도_ 마르틴 루터 • 42

예수는 인류의 소망 기쁨 되시니_ 요한 제바스티안 바흐 • 43

어린이 예수_ 앨버트 페인 • 44

갈릴리의 목수_ 힐다 스미스 • 46

나그네 예수_ 작자 미상 • 47

나에게 예수님은_ 테레사 수녀 • 48

주 예수님_ 샤를 드 푸코 • 51

예수와 가난한 사람들_ 헤르만 헤세 • 52

한 고독한 생애_ 작자 미상 • 54

4. 성령

성령의 날개_ 게르하르트 홉킨스 • 58

성령께_ 크리스티나 로세티 • 59

아담의 기도_ 성 빅토르 • 60

오소서, 비둘기 같은 성령이여_ 아이작 와츠 • 62

성령의 열매_ 성 안젤름 • 64

성령_ 사무엘 롱펠로 • 65

5. 인간

담에 핀 한 송이 꽃_ 앨프레드 테니슨 • 68

인간의 마음_ 아베 피에르 • 69

인간_ 마엔 폰구팀 • 70

작은 기쁨_ 그레이 매터 • 72

위대한 것은 인간의 일들이니_ 프랑시스 잠 • 74

큰 사람이 되게 하소서_ 메리 스튜어트 • 76

서시(序詩)_ 펠릭스 티메르망 • 78

어머니가 아들에게_ 랭스턴 휴스 • 79

아버지로서 성공한 삶_ 작자 미상 • 80

6. 하느님 나라

한 송이 들꽃에서 천국을_ 윌리엄 블레이크 • 82

자유의 천국_ 라빈드라나트 타고르 • 83

우리 집 문이 영원한 당신의 나라로_ 토마스 켄 • 84

제가 천당에 들여보내 달라고 기도하면_ 성 프란시스 • 86

영원과 지금_ 돔 헬더 카마라 • 87

어머니께 전해 주세요_ 찰스 필모어 • 88

진정한 '주의 기도'_ 작자 미상 • 90

진정한 가난_ 마이스터 에크하르트 • 92

7. 믿음

신앙의 모습_ 발터 반게린 • 94

믿음을 주십시오_ 쇠렌 키르케고르 • 95

내 눈을 감겨 주십시오_ 라이너 마리아 릴케 • 96

주여, 우리는_ 작자 미상 • 97

참새와 백합_ 루이스 A. 보일 • 98

모든 것을 믿고 또 사랑할 때면_ 칼릴 지브란 • 100

13

주께 드린 나의 생명_ 키아라 루빅 • 101

나는 믿는다_ 로버트 풀검 • 102

내 삶의 신조_ 빈센트 반 고흐 • 103

믿음이란_ 작자 미상 • 104

믿음의 경주_ 맥스 루케이도 • 107

8. 소망

무지개_ 윌리엄 워즈워스 • 110

꿈_ 랭스턴 휴스 • 111

별똥별_ 로저 크로퍼드 • 112

삶이 그대를 속일지라도_ 알렉산드르 푸슈킨 • 113

우리를 아름답게 하소서_ 밥 벤슨 • 114

저로 하여금_ 칼릴 지브란 • 115

바라는 것_ 막스 에르만 • 116

언젠가 때가 되면_ 성녀 루피나 • 117

신이 내게 소원을 묻는다면_ 쇠렌 키르케고르 • 118

인생의 희망은_ 폴 베르네르 • 119

희망의 씨를 뿌리는 거야_ 작자 미상 • 120

인생_ 샬럿 브론테 • 122

9. 사랑

사랑은 생명 이전이고_ 에밀리 디킨슨 • 126

네 개의 대답_ 크리스티나 로세티 • 127

사랑_ 라이너 마리아 릴케 • 128

사랑_ 요한 볼프강 폰 괴테 • 129

모든 것을 사랑하라_ 표도르 미하일로비치 도스토옙스키 • 130

사랑을 위해 사랑하라_ 스와미 비베카난다 • 131

용서_ 야기 쥬키치 • 132

10. 십자가와 부활

십자가의 길_ 성 알폰소 • 134

영원한 목수_ E. 메릴 루트 • 135

나를 저버리지 않는 변함없는 사랑이여_ 조지 마테슨 • 136

주께서 십자가를 지셨습니다_ 로렌스 하우스먼 • 138

부활절의 기쁨_ 데이지 콘웨이 프라이스 • 139

나는 천 개의 바람_ 작자 미상(어느 인디언) • 140

부활절에 드리는 기도_ 사무엘 존슨 • 142

부활 체험_ 텐진 빠모 • 143

11. 기도와 간구

사룸의 작은 기도문_ 사룸 • 146

나는 오직_ 작자 미상 • 147

인생의 출발점에 서서_ 작자 미상 • 148

말없는 기도_ 마사 스넬 니컬슨 • 149

참된 기도_ 라빈드라나트 타고르 • 150

지혜를 구하는 기도_ 라인홀트 니부어 • 152

어린이가 바치는 기도_ 레이첼 필드 • 154

자녀들을 위한 기도_ 존 예이츠 • 156

감각을 위한 축복 기도_ 존 도너휴 • 158

성경을 읽기 전의 기도_ 켄 가이어 • 159

기도_ 조지 매디슨 • 160

12. 은혜와 감사

봄날 아침_ 로버트 브라우닝 • 164

라일락 향기_ 앨리스 데이비드슨 • 165

당신의 은총을 주십시오_ 뤼시앵 제르파뇽 • 166

감사로 채워라_ 멜로디 비티 • 167

감사 기도_ 알렉산드르 솔제니친 • 168

어느 병실에 걸린 시_ 작자 미상 • 170

이웃에게 감사하는 기도_ 라인홀트 니부어 • 172

감사 기도_ 작자 미상 • 173

값없이 주신 주님의 은혜_ 카를 바르트 • 174

어느 패전 병사의 기도_ 작자 미상 • 176

감사 기도_ 르네 바르트코프스키 • 178

웃음을 통한 감사 기도_ 테레사 수녀 • 180

13. 보호와 인도

어부의 기도_ 작자 미상 • 182

하느님의 등산가_ 에이미 카마이클 • 183

하느님의 약속_ 애니 존슨 • 184

순례자의 기도_ 존 웨슬리 • 185

빛을 위한 기도_ 그레이스 놀 크로웰 • 186

주의 인도하심을 바라며_ 부오나로티 미켈란젤로 • 188

제가 원하는 것_ 토머스 머튼 • 189

평온한 말_ 가브리엘라 미스트랄 • 190

당신의 손에 할 일이 있기를_ 작자 미상(켈트족 인디언) • 192

그대 어깨 위로 늘 무지개 뜨기를_ 체로키 인디언의 축복 기도 • 194

14. 고독과 고난

고난_ 작자 미상(어느 인도인) • 196

백 배의 고통을 더 주소서_ 성 프란시스 • 197

고통 중의 기도_ 델리카(4세기 순교자) • 198

외로움 중에 드리는 기도_ 작자 미상 • 200

외로울 때_ 루이스 더햄 • 201

새벽의 기도_ 디트리히 본회퍼 • 202

오 주님, 왜, 왜?_ 탐 오도넬 • 204

희망의 산맥으로_ 마틴 루서 킹 • 207

슬퍼 말아요_ 렘브란트 피얼 • 208

고난기에 사는 친구들에게_ 헤르만 헤세 • 210

걱정거리들_ 엘리자베스 브라우닝 • 212

15. 헌신과 봉사

나의 선물_ 크리스티나 로세티 • 214

내가 만일 애타는 한 가슴을_ 에밀리 디킨슨 • 215

주님은 말씀하신다_ 클라이브 스테이플스 루이스 • 216

저의 자아가 없어질 때까지_ 테일라르 드 샤르댕 • 218

평화의 기도_ 성 프란시스 • 219

기도_ 성 이그나티우스 로욜라 • 220

쉬지 않는 기도_ 메리 캐럴린 데이비스 • 221

그리스도께서 그대를 통하여_ 웨스 테일러 • 222

주님, 제 손이 필요하십니까?_ 테레사 수녀 • 223

오늘 그대는 무엇을 했는가?_ 워터맨 • 224

그리스도께서는 이제 몸이 없습니다_ 아빌라의 성 테레사 • 226

나를 사용하여 주소서_ 드와이트 라이먼 무디 • 228

유언_ 오드리 헵번 • 230

아버지! 이 몸을 당신께 바치오니_ 샤를 드 푸코 • 232

16. 연대와 투쟁

당신 혼자는 아니리_ 작자 미상 • 234

누구를 위하여 종은 울리나_ 존 던 • 235

사랑의 철학_ 퍼시 비시 셸리 • 236

함께 가세_ 존 옥센함 • 237

엄숙한 시간_ 라이너 마리아 릴케 • 238

삶의 밭_ 요한 볼프강 폰 괴테 • 239

생쥐의 기도_ A. 토이고 • 240

작은 것들_ 줄리아 카니 • 241

용기를 위한 기도_ 헨리 나우웬 • 242

17. 회개와 결단

우리는 너무 세속에 묻혀 있다_ 윌리엄 워즈워스 • 244

지혜_ 마일드레드 제퍼리 • 246

소중한 선물들_ 페드레이그 오메일리 • 248

반성의 기도_ 윌리엄 쿠퍼 • 249

죄를 고백하는 기도_ 토머스 존 카리슬 • 250

우리를 용서하여 주소서_ 존 베일리 • 252

주님, 용서하소서_ 마우드 베터스비 • 254

시작해야 하는 것은 나 자신이다_ 바츨라프 하벨 • 256

18. 심판과 구원

주여, 날 심판하소서_ 사라 클레혼 • 260

어부의 기도_ 작자 미상 • 262

악한 사람을 위한 기도_ 작자 미상 • 263

죽음을 두려워하지 마십시오_ 작자 미상 • 264

누구든 떠날 때는_ 잉게보르크 바흐만 • 265

한 사람의 인생은_ 작자 미상 • 266

구원자_ 헤르만 헤세 • 268

한 번에 한 사람씩_ 테레사 수녀 • 269

그분이 오고 계신다_ 크리스탈 시길 리스트룬드 • 270

천국으로 가는 시_ 쇠렌 키르케고르 • 271

유언_ 랜 앤더슨 • 272

19. 교회와 선교

그리스도인이라고 말할 때는_ 캐롤 위머 • 276

기독교인은 누구인가?_ 디트리히 본회퍼 • 278

참된 기독교인_ 크리스탈 시길 리스투른드 • 279

믿는 것만으로는 부족합니다_ A. 디니 • 280

교회의 신앙고백_ 스테펜 젠틀 • 282

교회 일꾼의 기도_ 작자 미상 • 283

교회의 변질_ 리처드 하버슨 • 284

로메로 주교님의 기도_ 오스카 로메로 • 286

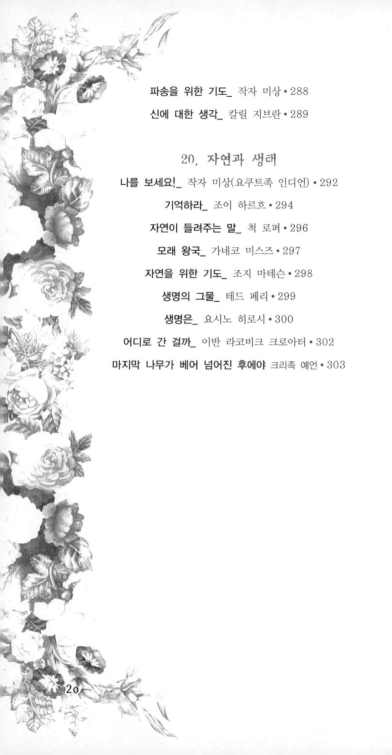

파송을 위한 기도_ 작자 미상 • 288

신에 대한 생각_ 칼릴 지브란 • 289

20. 자연과 생태

나를 보세요!_ 작자 미상(요쿠트족 인디언) • 292

기억하라_ 조이 하르흐 • 294

자연이 들려주는 말_ 척 로퍼 • 296

모래 왕국_ 가네코 미스즈 • 297

자연을 위한 기도_ 조지 마테슨 • 298

생명의 그물_ 테드 페리 • 299

생명은_ 요시노 히로시 • 300

어디로 간 걸까_ 이반 라코비크 크로아터 • 302

마지막 나무가 베어 넘어진 후에야 크리족 예언 • 303

1. 찬양과 예배

예배드린다는 것은 무슨 의미입니까?
우리 마음 가장 깊은 곳에서
우리 자신을 아낌없이 드리는 것입니다.

경배

마거릿 크로퍼Margaret Cropper

인간의 머릿속에 있는 하느님의 생각,
인간의 마음속에 있는 하느님의 사랑,
인간의 몸속에 있는 하느님의 고통을
나는 경배합니다.

아프리카 소녀의 기도

작자 미상

오 크신 주님이시여,
제 마음속 촛불을 밝히시어
그 안에 있는 것을 보게 하시고
당신이 거하실 곳의 쓰레기를
말끔히 치우게 하소서.

갑작스러운 기도

제인 머천트Jane Merchant

주님, 주님 향하여
다른 바람은 없습니다
다만 주님과 함께 있고 싶습니다.

제 마음에 아무런 간청이나 소원도 없고
탄원할 것도 하나 없습니다.

제 영혼이 바라는 오직 한 가지는
주님을 경배하고
주님께 기도하는 것입니다.

예배드린다는 것

조지 애플턴George Appleton

예배드린다는 것은 무슨 의미입니까?
그것은 측량할 수 없는 것 안에서 우리 자신을 잃는 것
무진장의 것 속에 과감히 뛰어드는 것
썩지 않을 불멸의 것 안에서 평화를 발견하는 것
분명히 정의된 광대무변(廣大無邊)에 흡수되는 것
불과 투명성에 우리 자신을 바치는 것
우리가 우리 자신을 더욱 신중히 인식하는 데 비례하여
우리 자신을 철저히 죽이는 것
끝없는 깊이를 가진 분께
우리 마음 가장 깊은 곳에서
우리 자신을 아낌없이 드리는 것입니다.

주님께 합당한 찬양

기원 후 3~5세기 유대교의 찬송

나의 두 입술이
바다의 물결처럼 많은 노래를 부를 수 있다고 해도
나의 혀가
대양의 파도처럼 많은 찬송을 부를 수 있다고 해도
나의 입이
저 푸른 창공을 온통 찬양으로 채운다 해도
나의 얼굴이
해와 달처럼 빛난다 해도
나의 두 손이
힘센 독수리처럼 하늘을 맴돈다 해도
나의 두 발이
사슴처럼 신속히 산맥을 가로질러 달려간다 해도
이 모든 것으로도
당신께 합당한 찬양을 드리기에는 충분치 않을 것입니다.
오 주님, 나의 하느님.

찬양 받으소서

성 프란시스St. Francis

찬양 받으소서
나의 하느님!
우리의 형제인 바람과 공기
그리고 흐리거나 청명한 모든 날씨를
당신은 우리에게 베푸시나이다.
이로써 당신은 모든 피조물에게
생명을 주시나이다.
찬양 받으소서
나의 하느님!
우리를 지탱해주고 다스리며
온갖 다채로운 꽃들과 잎들을 가진 열매를 낳는,
나의 자매인 어머니 땅을 인하여.

찬양하라 주님을

에르네스또 까르데날Ernesto Cardenal

찬양하라
우주의 주님을.
수억 광년의 반경을 가진 창공은 그분의 성소.
찬양하라
별들과 별들 사이의 공간에 계신 주님을.
찬양하라
은하수와 그 사이의 공간에 계신 주님을.
찬양하라
원자들과 그 사이의 공간에 계신 주님을.
찬양하라
비파와 수금과 나팔로.
찬양하라
비올라와 첼로, 피아노와 아코디언으로.
찬양하라
블루스와 재즈, 오케스트라와 흑인영가,
베토벤 교향곡 5번으로.
찬양하라
레코드판들과 카세트로.

호흡하는 만물들아, 주님을 찬양하라.
살아 있는 모든 존재들아
할렐루야!

2. 하느님

기억하라, 내가 너희와 함께 있음을
그리고 당당하게 걸음을 내디뎌라
내가 너희의 기도를 들었고 응답해 주리니

하느님이신 당신에게

조만나스 신부

당신을 하느님으로 안다는 것
그것은 다만
우리가 당신에 대해
아무것도 모른다는 것을
깨우치는 것입니다.

당신은 우리의 사유와 관념
그 너머
영원한 세계
그곳에 계시는 까닭입니다.

너는 기다려서는 안 된다

라이너 마리아 릴케Rainer Maria Rilke

신이 와서 "나는 존재한다"고 말할 때까지
너는 기다려서는 안 된다.
자신의 힘을 스스로 밝히는
그러한 신은 무의미하다.
태초부터 너의 내면에
신이 바람처럼 불고 있음을 알아야 한다.
그리하여, 너의 마음이 달아오르고 비밀을 지킬 때
신은 그 속에서 창조를 한다.

우리 안에 계신 하느님

아빌라의 성 테레사St. Teresa of Avila

하느님을 찾기 위해서는
날개가 필요한 것이 아니라
우리가 혼자 머물러
우리 안에 계신 그분의 현존을
바라보는 것이 필요합니다.

너무나 위대하신 분 앞에서
낯선 사람처럼 느낄 필요가 없습니다.

하느님께 드리는 기도

작자 미상

하느님, 저의 머리 안에
제 이해하는 곳에 살아주십시오.

하느님, 저의 눈 안에
제 얼굴 가운데 살아주십시오.

하느님, 저의 입 안에
제 말 가운데 살아주십시오.

하느님, 저의 마음 안에
제 생각 가운데 살아주십시오.

하느님, 마지막 날에, 제가 세상과 헤어지는 그 날에
제 속에 살아주십시오.

주는 우리에게 말씀하신다

작자 미상

너희 날 주라 부르면서도 따르지 않고
너희 날 빛이라 부르면서도 우러르지 않고
너희 날 길이라 부르면서도 걷지 않고
너희 날 삶이라 부르면서도 의지하지 않고
너희 날 슬기라 부르면서도 배우지 않고
너희 날 깨끗하다 하면서도 사랑하지 않고
너희 날 부하다 부르면서도 구하지 않고
너희 날 영원이라 부르면서도 찾지 않고
너희 날 어질다 부르면서도 오지 않고
너희 날 존귀하다 하면서도 섬기지 않고
너희 날 강하다 하면서도 존경하지 않고
너희 날 의롭다 부르면서도 두려워 않느니,
그런즉 너희
너희를 꾸짖어도 나를 탓하지 말라.

*독일 뤼베크 성당의 낡은 돌판에 새겨진 시

나무들

조이스 킬머Joyce Kilmer

나무처럼 아름다운 시를
정녕 볼 수 없으리

단물 흐르는 대지의 젖가슴에
굶주린 입술을 대고 서 있는 나무

하루 종일 잎이 무성한 팔을 들어
하느님께 기도드리는 나무

여름이면 자신의 머리칼 속에
방울새의 보금자리를 만드는 나무

그 가슴 위로는 눈이 내리고
비하고도 정답게 사는 나무

나 같은 바보도 시를 짓지만
나무를 만드시는 분은 오직 하느님.

희망이신 하느님

마리 채피언Marie Chapian

하느님께서 말씀하신다.

나는 희망이다
나는 너희에게 미래의 영광
그 이상의 것을 준다
나는 너희의 현재의 영광이다
나는 너희의 말을 듣고 있다
나는 너희의 기도를 들어준다

기억하라, 내가 너희와 함께 있음을
그리고 너희가 사랑하는 사람과 함께 있음을
그리고 두려워하지 말라
사랑과 함께 내가 너희에게 주는 선물인 희망을
소중히 간직하라
그리고 당당하게 걸음을 내디뎌라
내가 너희의 기도를 들었고 응답해 주리니.

하느님께서 냉장고를 갖고 계시다면

작자 미상

하느님께서 냉장고를 갖고 계시다면
당신 사진이 그 위에 붙어 있을 거예요.
하느님께서 지갑을 갖고 계시다면
당신 사진이 그 안에 들어 있을 거고요.
하느님께서는 봄이면 당신에게 꽃을 보내주고
매일 아침 해님을 보여주죠.
그분은 우주 어디서든 살 수 있으시지만
바로 당신 마음속에 거처를 정하셨답니다.
명심하세요
하느님께서는 당신에게 푹 빠져계셔요!
고통 없는 날들
슬픔 없는 웃음
비를 동반하지 않는 햇살을
하느님께서는 약속하지 않습니다.
하지만 하루를 견뎌낼 힘을
눈물에 대한 위안을
앞날을 열어줄 빛을
당신에게 주실 거예요.

3. 예수 그리스도

육화된 말씀

생명의 빵

우리 죄를 대신해 십자가에 달리신 희생양

어린이의 기도

마르틴 루터Martin Luther

친애하는 예수님,
거룩한 아기시여,
당신께 부드럽고 깨끗한 침대를
만들어드리겠습니다.
제 마음은
주님을 지키는 고요한 침실입니다.

예수는 인류의 소망 기쁨 되시니

요한 제바스티안 바흐Johann Sebastian Bach

예수는 내 기쁨의 원천이고
내 마음의 본질이며 희망.
예수는 모든 근심에서 나를 보호하고
내 생명의 힘의 근원이 되고
내 눈의 태양과 기쁨이 되며
내 영혼의 기쁨이며 보물.
그래서 나는 내 마음과 눈에서
예수를 멀리하지 않으려 하네.

어린이 예수

앨버트 페인Albert Paine

그는 티 없는 어린이였습니다.

여름날, 너나 또 나처럼

아버지가 일하고 계신 동안

문 밖에서 놀기도 하고

마루에서 대팻밥을 모으기도 하던

그는 티 없는 어린이였습니다.

그러나 작은 새들

종달새, 소쩍새, 그리고 비둘기 들은

분명한 사실을 알고 있었을 것입니다.

새들은 예수 안에 있는 사랑을 알아차리고

존경하는 생각에 잠겼을 것입니다.

새들은 사람들을 대신해 죽을

어린 예수를 알고 그 이름을 기렸을 것입니다.

해는 새벽녘 그의 머리카락에

남모르게 스며들어

보이지 않는 영생의 빛 한줄기

거기 남겨놓고 사라졌을 것입니다.

그것은 가시관을 쓰지 않으면 안 될 이마 위에

사랑의 입맞춤을 뜻하며 드린 것이었습니다.

갈릴리의 목수

힐다 스미스Hilda Smith

갈릴리의 목수가 다시금
사람이 사는 거리로 오고 있습니다.
모든 나라 나라에, 모든 시대 시대에
그는 '인간'이라는 집을 짓고 있습니다.

크리스마스 전날 밤 우리는
그가 마음의 문을 두드리는 것을 듣게 됩니다.
그는 문마다 두드리며 말씀합니다.
"놀고 있는 사람은 없는지요?
사람을 만드는 목수인 나는
수많은 일꾼이 필요합니다."

나그네 예수

작자 미상

나는 오늘 한 나그네를 보았습니다.
나는 그를 위해 접시에 음식을 담고
잔에 물을 따라 그에게 주었습니다.
그리고 그를 위해 음악을 틀었습니다.
삼위일체의 거룩한 이름으로
그는 나와 나의 집과 내 소유와
내 가족을 축복했습니다.
종다리가 지저귑니다.
그리스도께서는 그렇게도 자주
낯선 나그네의 가면을 쓰고 오십니다.

나에게 예수님은

테레사 수녀Mother Theresa of Calcutta

육화된 말씀
생명의 빵
우리 죄를 대신해 십자가에 달리신 희생양.
나와 세상의 죄를 위해
거룩한 제사에 봉헌되신 희생제물

들어야 할 말씀
들어야 할 진리
걸어야 할 길
비추어야 할 빛
살아야 할 삶
주어야 할 사랑
나누어야 할 기쁨
봉헌해야 할 희생
주어야 할 평화
먹어야 할 생명의 빵
먹여야 할 굶주린 사람들
갈증을 해소시켜주어야 할 목마른 사람들

옷 입혀주어야 할 헐벗은 사람들
불러들여야 할 집 없는 사람들
치료해주어야 할 병든 사람들
사랑해주어야 할 외로운 사람들
도와주어야 할 사랑 받지 못한 사람들
상처를 씻겨주어야 할 나병환자들
미소를 보내야 할 거지들
귀 기울여주어야 할 알코올 중독자들
보호해주어야 할 정신병자들
끌어안아 주어야 할 어린아이들
인도해주어야 할 눈먼 사람들
말해주어야 할 언어장애인들
부축해주어야 할 지체장애인들
친구가 되어주어야 할 마약 중독자들.
위험을 제거하고 돌보아주어야 할 윤락녀들
방문해주어야 할 죄수들
섬겨야 할 노인들

저에게
예수님은 하느님이십니다
예수님은 배우자이십니다
예수님은 생명입니다
예수님은 유일한 사랑입니다

예수님은 저의 전부 중의 전부입니다
예수님은 저의 모든 것입니다

주 예수님

샤를 드 푸코Charles de Foucauld

주 예수님
당신은 거기 한두 걸음 떨어진 곳
제 앞에 계시나이다.

당신의 몸, 당신의 영혼
인간이 되신 당신의 온 존재
인성과 신성을 지니시고
거기 계시나이다.

하느님,
저를 구원하시는 분
저의 예수
저의 정배(淨配)
저의 사랑

당신은 이토록 가까이
제 곁에 계시나이다.

예수와 가난한 사람들

헤르만 헤세Hermann Hesse

당신은 죽었습니다, 그리운 형제 그리스도여.
하지만 당신이 대신해 죽은 사람들은 어디 있나요?

당신은 모든 죄인의 괴로움 때문에 죽었습니다.
당신의 육체는 거룩한 빵이 되었습니다.
그 빵을 성직자와 신도는 주일날 먹습니다만
굶주린 우리는 그들의 문에 동냥을 갑니다.

우리는 살찐 성직자가 배부른 뒤에
조금 뜯어주는 당신의 용서의 빵을 먹지 않습니다.
그들은 가고 돈을 벌며 싸우고 죽입니다.
그들 중 누구 하나 당신 때문에 행복해진 사람은 없습니다.

우리 가난한 자들은 당신의 길을 가오니
빈궁과 수치와 십자가를 향한 길입니다.
다른 사람들은 성만찬에서 돌아와
성직자를 구운 고기와 다과에 초대합니다.

형제 그리스도여, 당신은 헛된 고민을 하셨습니다.
배부른 사람들에게 그들이 구하는 것을 주십시오!
우리 굶주린 자는 당신에게서 아무것도 구하지 않습니다.

그리스도여,
단지 당신을 사랑할 뿐입니다.
당신은 우리 식구 가운데 한 사람이니까요.

한 고독한 생애

작자 미상

여기 한 고독한 생애가 있다.

그가 태어난 곳은 이름 없는 한 두메산골
그의 어머니는 보잘것없는 시골 여인
그의 나이 서른이 될 때까지도
이름 없는 비천한 목수였고
그 후 삼 년 동안 그는 방황하는 전도자였다.

그에게는 한 권의 저서도 없으며
그에게는 아무런 지위도 없으며
그에게는 따뜻한 가정도 없으며
그에게는 대학의 학력도 없으며
그에게는 큰 도시의 견문조차 없으며
그의 여행은 기껏 200마일도 못되는 거리였다

그에게는 세상의 위대한 것이라고는 하나도 없고
그가 내어놓을 수 있는 이력서는 단지 한 몸뿐

그 자신의 삶은 이토록 비참했던 것
삼 년의 전도와 사랑의 실천 뒤에도
그에게 돌아간 것은
오히려 무리들의 배척이었고
제자들의 배신과 부인이었다
그러고는 원수에게 넘겨져 조롱과 재판을 받고
마침내 십자가에 못 박혀 죽었더니라

하지만 그 뒤 이 천 년이 지난 오늘
그는 인류 역사를 이끌어온 중심인물

보라, 이 인류의 역사에서
그토록 호령하던 장군은 얼마나 많았고
그토록 국사를 논의하던 정객은 얼마나 많았으며
그토록 영화를 누리던 제왕은 또 얼마나 많았던가

그러나 이 모든 사람으로도
인류 역사에 남기지 못했던 큰일을 이룩하신 것은
예수 그리스도, 그의 한 고독한 생애여라

4. 성령

저의 마음이 당신의 평온함 가운데 거하게 하소서
거룩한 기쁨이신 성령이시여
제 마음이 기쁨에 넘치게 하소서

성령의 날개

게르하르트 홉킨스Gerhard Hopkins

세계는 하느님의 위엄으로 충만합니다.
땅속 깊은 곳에는
너무도 소중한 신선함이 깃들어 있습니다.
성령께서 따스한 가슴으로
아아, 그 눈부신 날개로
이 세계를 굽어 품으시기 때문에.

성령께

크리스티나 로제티Christina Rossetti

당신은 바람처럼
우리의 발걸음에 앞서 가십니다.

당신은 비둘기처럼
우리를 하늘로 날아오르게 하십니다.

당신은 물처럼
우리의 영혼을 맑게 하십니다.

당신은 구름처럼
우리의 시험을 막아주십니다.

당신은 이슬처럼
우리의 무기력함을 소생시키십니다.

당신은 불처럼
우리의 찌꺼기들을 제거해주십니다.

아담의 기도

성 빅토르St. Victor

누구십니까?
이토록 황홀한 향기로 저를 취하게 하시는 이분은.

누구십니까?
저의 못난 더러움을 온전한 아름다움으로 바꾸는 이분은.

누구십니까?
저에게 달콤한 포도주를 마시게 하고 맛있는 떡을 먹게 하시
는 이분은.

거룩하신 성령님 당신이십니다.
당신은 저를 예수 그리스도의 신부로 바꿔놓으십니다.

하늘 혼인잔치에서 마실 떡과 포도주를 저에게 주십니다.
지난날 제 가슴은 몹시 지쳤지만 지금은 사랑에 골몰합니다.

제 영혼은 슬펐지만 이제 기쁨으로 충만합니다.
예수께서는 저를 위해 생명을 주셨나이다.

성령님,

이제는 당신께서 저를 그분에게 주십시오. 아멘.

오소서, 비둘기 같은 성령이여

아이작 와츠Isaac Watts

비둘기 같은 성령이여
소생케 하는 당신의 모든 권능으로 오소서.
얼음장처럼 차가운 우리 심령에
거룩한 사랑의 불꽃을 피워주소서.

보소서
우리가 얼마나 천박한 환락에 물들어 있는지
얼마나 하찮은 놀이에 탐닉하고 있는지 보소서.
우리의 영혼 높이 날지도 못하고
영원한 즐거움에 나아가지도 못하나이다.

우리는 헛되이 노래하며
헛되이 일어나도다.
호산나 소리가 우리 입술에서 사라지며
우리의 헌신이 끊기나이다.

사랑하는 주님
우리가 이렇듯 가련하게 죽은 자처럼 살아야 합니까?

당신에 대한 사랑도 그만큼 희미하고 싸늘한데
아직도 당신은 우리를 그리도 사랑하십니까?

비둘기 같은 성령이여
소생케 하는 당신의 모든 권능으로 오소서.
우리의 마음을 환히 밝혀줄
구세주의 사랑을 널리 전파하며 오소서.

성령의 열매

성 안젤름St. Anselm

오 자비하신 하느님
기도하나니
당신의 성령의 갖은 열매들
곧 사랑, 기쁨, 평화, 인내, 친절,
선행, 진실, 온유, 절제로
우리 마음을 가득 채우소서.
우리를 미워하는 이들을
사랑하는 법을 가르쳐주소서.
우리를 심술궂게 이용하는 이들을 위해
기도하는 법을 가르쳐주소서.
그리하여 우리가 우리의 아버지이신 당신,
악한 자와 선한 자에게 똑같이 햇빛을 주시고
의로운 자와 불의한 자에게 똑같이 비를 내려주시는
당신의 자녀들이 되게 하소서.

성령

사무엘 롱펠로Samuel Longfellow

거룩한 진리이신 성령이시여
저의 영혼에 임하소서.
하느님의 말씀이시며 내적 빛이시여
저의 정신을 깨우고 시야를 밝게 하소서
거룩한 사랑이신 성령이시여
제 마음속에 당신의 빛이 밝게 타오르게 하소서.
모든 고결한 갈망에 불붙이소서.
당신의 순결한 불로 지금 저를 정화시켜주소서.
거룩한 평안이신 성령이여
저의 불안한 마음을 진정시켜주소서.
세차게 요동치는 바다와도 같은
제 마음을 잔잔케 하소서.
저의 마음이 당신의 평온함 가운데 거하게 하소서.
거룩한 기쁨이신 성령이시여
제 마음이 기쁨에 넘치게 하소서.
사막 같은 길을 걸을지라도 저는 노래할 것입니다.
오 샘, 영원한 샘이여 마르지 않는 우물이신
당신을 노래할 것입니다

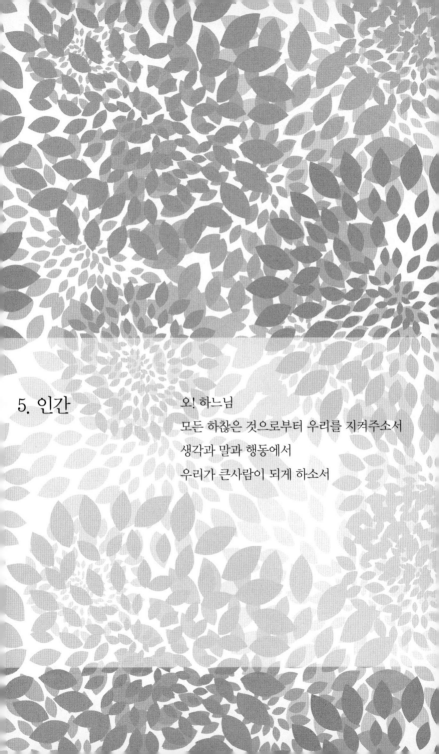

5. 인간

오! 하느님

모든 하찮은 것으로부터 우리를 지켜주소서

생각과 말과 행동에서

우리가 큰사람이 되게 하소서

담에 핀 한 송이 꽃

앨프레드 테니슨Alfred Tennyson

담에 핀 한 송이 꽃을
뿌리째 뽑아
내 손에 들었네.
이 작은 꽃, 내 만일
네 뿌리까지 모두 알 수 있다면
하느님과 인간도 모두 알련만.

인간의 마음

아베 피에르Abbe Pierre

나는 인간의 마음이
상처 입은 독수리와 같다고 여긴다.

그림자와 빛으로 짜여져,
영웅적인 행동과 지독히도 비겁한 행동
둘 모두를 할 수 있는 게 인간의 마음이요,

광대한 지평을 갈망하지만
끊임없이 온갖 장애물에,
대개의 경우 내면적인 장애물에 부딪히는 게
바로 인간의 마음이다.

인간

마엔 폰구텀

인간……

왜 남성과 여성은 신에 의해

따로 창조되었는가?

대립과 비교의 대상이 되기 위하여?

아니면 서로에게 적이 되기 위하여?

아니면 서로에게

개발과 착취를 위한 수단이 되기 위하여?

인간……

여성 - 남성은 아연(啞然)한 삶의 진실을 위해

남성 - 여성은 통합된 힘의 진실을 위해

여성 - 남성은 전체가 되기 위한 진실을 위해

남성 - 여성은 하나가 되는 진실을 위해 존재한다.

인간……

남자와 여자는 서로 보완적 존재다.

적으로서가 아니라 함께 어려움을 견디기 위해

서로를 경멸하지 않고 높이기 위해

서로를 배반하지 않고 존귀함 속에 살기 위해.

인간……
그대는 단일하여 이중적이지 않고
그대는 공동보조자여서 각각이 아니다.
이것이 바로 인간성의 진실이다.

작은 기쁨

그레이 매터Gray   Matter

우리 대부분은 큰 상을
받지 못한 채 인생을 삽니다.

퓰리처상
노벨상
오스카상……

그러나 우리 모두는 인생의
작은 기쁨을 누릴 수는 있습니다.

등을 두드리는 격려의 손길
귀의 뒤편에 받는 가벼운 키스
낚시로 잡은 4파운드의 농어
보름달
바스락거리는 모닥불
황홀한 일몰
따뜻한 국
시원한 맥주

인생의 큰 상을 잡으려 조급해하지 말고
아주 작은 기쁨을 즐기세요.

우리 모두를 위해
충분히 준비되어 있습니다.

위대한 것은 인간의 일들이니

프랑시스 잠Francis Jammes

위대한 것은 인간의 일들이니
나무 병에
우유를 담는 일,
꼿꼿하여 살갗을 찌르는
밀 이삭들을 따는 일,
암소들을 신선한 오리나무들 옆에서
떠나지 않게 하는 일,
숲의 자작나무들을
베는 일,
경쾌하게 흘러가는 시내 옆에서
버들가지를 꼬는 일,
어두운 벽난로와, 옴 오른
늙은 고양이와, 잠든 티티새와,
즐겁게 노는 어린아이들 옆에서
늙은 구두를 수선하는 일,
한밤중 귀뚜라미들이 날카롭게
울 때 처지는 소리를 내며
베틀을 짜는 일,

빵을 만들고
포도주를 만드는 일,
정원에 양배추와 마늘의
씨앗을 뿌리는 일,
그리고 따뜻한
달걀들을 거두어들이는 일.

큰 사람이 되게 하소서

메리 스튜어트Mary Stuart

오! 하느님
모든 하찮은 것으로부터 우리를 지켜주소서
생각과 말과 행동에서
우리가 큰사람이 되게 하소서
남을 흠잡는 일을 그만두게 하소서

모든 이기심을 말끔히 떨쳐버리게 하소서
모든 겉치레를 벗어버리고
자기 연민과 편견 없이
서로 얼굴과 얼굴을 맞대게 하소서
남을 판단하는 일에 절대로 성급하지 않고
항상 관대하게 하소서

매사에 시간의 공을 들이게 하시며
늘 차분하고 평온하며 온유하게 하소서
우리 마음속에 있는 좋은 생각들을
행동으로 옮기는 법을 가르쳐주시고
늘 올바르고 두려움 없이 살게 하소서

사람들 사이에 차이점을 만드는 것이
실상은 삶의 지극히 사소한 것들이라는 것을
삶의 커다란 것들 안에서 우리는 하나라는 것을
깨닫게 하소서

그리고 오! 주 하느님
우리가 남에게 친절하기를 잊지 않게 하소서

서시(序詩)

펠릭스 티메르망Felix Timmermans

저는 당신의 거문고에 달린
한 가닥 줄입니다.
당신의 손가락은 언제
저로 하여금 소리 나게 하시겠나이까?
저의 노래 또한
하느님, 당신의 교향곡
소리 속에서 울리고 싶습니다.

어머니가 아들에게

랭스턴 휴스Langston Hughes

자, 아들아 네게 일러둔다.
이 엄마의 삶은 결코 수정계단이 아니었단다.
그것은 못 자국들, 이리저리 벌어진 균열
낡아빠진 널빤지들로 이루어진 것이었다.
마루에는 화려한 주단도 깔려 있지 않았고
별다른 장식도 없었다.
그러나 난 언제든지 위를 향해 올라
목적지에 도달했고,
모퉁이를 돌아갔고,
때론 빛이 없는 어두운 곳을 걸어갔다.
얘야, 뒤돌아서지 마라.
계단에 주저앉지 마라.
낙심하지 마라.
나도 여전히 앞을 향해 나가고
위를 향해 올라간단다.
이 엄마의 삶은 결코 수정계단이 아니었다.

아버지로서 성공한 삶

작자 미상

저는 이웃들처럼 똑똑하지가 못합니다.
제가 만난 많은 사람처럼 부자도 아닙니다.
남들에게 있는 그런 명예도 제겐 없습니다.
그러나 한 아이의 아버지로서는
성공했다고 믿습니다.
제겐 이루고 싶은 소중한 꿈이 있습니다.
생활 속에서 성취하고 싶은 많은 일이 있습니다.
그러나 제 마음속에서 가장 중요한 일은
하느님이 맡겨주신 자녀를 훌륭히 키우는
아버지로서 성공하는 것입니다.

세상의 명예도 부귀도 제겐 없습니다.
남들은 제 인생이 실패라고 말할지도 모르겠습니다.
그러나 저의 자녀들이 주님을 따르니 바랄 게 없습니다.
왜냐고요?
그것이 아버지로서의 삶의 성공이기 때문입니다.

6. 하느님 나라

하느님 아버지,
우리 집 문이
영원한 당신의 나라로
들어가는 문이 되게 하소서

한 송이 들꽃에서 천국을

윌리엄 블레이크William Blake

한 알의 모래 속에서 세계를 보며
한 송이 들꽃에서 천국을 본다
그대 손바닥 안에 무한을 쥐고
한 순간 속에 영원을 보라

자유의 천국

라빈드라나트 타고르Rabindranath Tagore

마음에 두려움 없이
머리를 높이 치켜들 수 있는 곳
지식이 자유로울 수 있는 곳
작은 칸으로 세계가 나누어지지 않는 곳
말씀이 진리의 속 깊은 곳에서 나오는 곳
피곤을 모르는 노력이 완성을 향하여 팔 뻗는 곳
이상의 맑은 흐름이
무의미한 관습의 메마른 사막에 꺼져들지 않는 곳
님의 인도로 마음과 생각과 행위가 더욱 발전하는 곳
그런 자유의 천국으로
나의 조국이 눈뜨게 하소서, 나의 님이시여

우리 집 문이 영원한 당신의 나라로

토마스 켄Thomas Ken

하느님 아버지,
우리 집 문을 넓혀주시어
인간의 사랑과 교제를 원하는
모든 사람을 영접하게 하소서.

하느님 아버지,
우리 집 문을 좁혀주시어
탐심과 교만과 다툼이
들어오지 못하게 하소서.

하느님 아버지,
우리 집 문지방을 낮추시어
어린아이나 비틀거리는 사람이
걸려 넘어지지 않게 하여 주소서.
또한 거칠고 강한 문지방도 되게 하사
유혹하는 자들이
들어올 수 없게 하여 주소서.

하느님 아버지,
우리 집 문이
영원한 당신의 나라로
들어가는 문이 되게 하소서.

제가 천당에 들여보내 달라고 기도하면

성 프란시스

주여,
제가 천당에 들여보내 달라고 기도하면
당신의 반월도를 든 천사들을 보내셔서
천국의 문들을 제 앞에서 모두
닫아버리십시오.

제가 만일
지옥이 무서워 당신을 사랑한다면
그 영원한 천 길 불길 속에
저를 던져버리십시오.

그러나 주여,
제가 당신을 사랑하는 것이 오직
당신 때문이라고 한다면
당신의 팔을 벌려
저를 맞아주십시오.

영원과 지금

돔 헬더 카마라Dom Helder Camara

살도 피도 없는 영혼을
나는 지금까지 한 번도 보지 못했습니다.
나에게 중요한 것은 언제나 구체적인 인간입니다.
나는 인간을 움직이고 있는 문제들을 보고도
못 본 체할 수가 없습니다.
물론 나는 영원의 가치를 알고 있습니다.
그러나 이 영원이란
죽은 다음에 비로소 시작되는 것이 아니라
바로 지금 여기에서 시작된다는 것을
지적하지 않을 수 없습니다.
영원은 지금 이 순간에 존재합니다.
'지금'을 외면한 영원은 환상이며 착각입니다.

어머니께 전해주세요

찰스 필모어Charles Fillmore

비록 어린아이였지만 또렷이 기억합니다.
제 어리석음과 게으름으로
어머니가 얼마나 슬퍼하셨는지.
이제 천국으로 가버리신 지금
어머니의 부드러운 손길이 마냥 그립습니다.
오 주여! 제가 그곳으로 가리라고
어머니께 전해주세요.

제가 방황하며 떠돌 때도
어머니는 항상 친절하고 상냥하셨습니다.
제가 거칠고 버릇없이 굴 때도
그리도 참으시고 부드럽게 사랑해주셨습니다.
제 어린 날의 슬픔과 시련에도
어머니는 기꺼이 함께해주셨지요.
오 주여! 제가 그곳으로 가리라고
어머니께 전해주세요.

주께서 어머니를 천국으로 데려가시기 전,

천국에서 우리가 다시 만나려면
열심히 주님을 따라야 한다고
어머니는 다정히 말씀하셨지요.
천국을 위해 준비하겠노라고
눈물 너머로 저는 어머니께 약속했습니다.
오 주여! 제가 그곳으로 가리라고
어머니께 전해주세요.

어머니의 기도가 응답되어
제가 그곳으로 가리라고 전해주세요.
축복의 주여!
이 소식을 어머니께서 아시도록……
제가 그곳으로 가리라고,
그곳에서 어머니와 함께 천국 행복을 누리리라고
어머니께 전해주세요.
주여! 사랑하는 어머니에게
제가 그곳으로 가리라고 전해주세요.

진정한 '주의 기도'

작자 미상

당신이 다만 세상의 것들만을 생각하고 있다면,
"하늘에 계신"이라고 말하지 마십시오.

당신이 이기주의 속에서 혼자 떨어져 살고 있다면,
"우리의"라고 말하지 마십시오.

당신이 매일 아들로서 처신하지 않는다면,
"아버지"라고 부르지 마십시오.

당신이 그분을 경배하지 않는다면,
"아버지의 이름이 거룩히 빛나시며"라고 말하지 마십시오.

당신이 그분과 물질적인 성취를 혼동하고 있다면,
"아버지의 나라가 오시며"라고 말하지 마십시오.

그분의 뜻을 고통스러울 때 받아들이지 않는다면,
"아버지의 뜻이 이루어지소서"라고 말하지 마십시오.

약도 없고 집도 없이, 직장도 미래도 없이 굶주리는 사람들을 걱정하지 않는다면,
"오늘 저희에게 일용할 양식을 주시고"라고 말하지 마십시오.

당신의 형제에게 원한을 품고 있다면,
"저희 죄를 용서하시고"라고 말하지 마십시오.

당신이 집짓기를 계속하려는 마음을 가지고 있다면,
"저희를 유혹에 빠지지 않게 하시고"라고 말하지 마십시오.

단호하게 악을 반대하는 편에 서지 않는다면,
"악에서 구하소서"라고 말하지 마십시오.

'주의 기도'의 말씀들을 진지하게 생각하고 있지 않다면,
"아멘"이라고 말하지 마십시오.

진정한 가난

마이스터 에크하르트Johannes Eckhart

당신 것이든 세상 것이든 간에

아무것도 소유하거나 원하지 않을 때

비로소 당신은 소유 의식을 가지지 않게 됩니다.

심지어 하느님을 소유하려는 생각마저 하지 마십시오.

진정으로 마음이 가난해진다는 것은 어떤 걸까요?

그것은 바로 불필요한 것은

어떤 것도 소유하지 않는 것입니다.

당신은 모든 것을 가졌을 때보다

아무것도 소유하지 않을 때 더 행복합니다.

하느님을 위해 모든 걸 포기할 줄 아는

지혜를 가진 사람만이

진정으로 하느님 나라에 들어갈 수 있습니다.

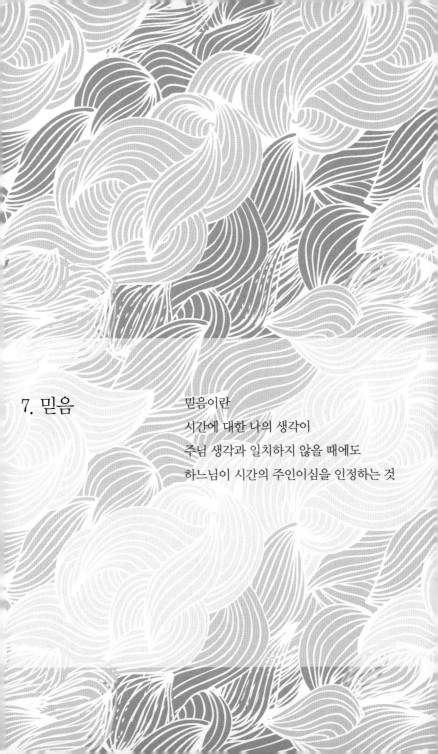

7. 믿음

믿음이란
시간에 대한 나의 생각이
주님 생각과 일치하지 않을 때에도
하느님이 시간의 주인이심을 인정하는 것

신앙의 모습

발터 반게린Walter Wangerin

때로 신앙은 경건해 보인다.
때로 신앙은 죽어가듯 보이기도 한다.
그리고 때로 신앙은 의심쩍어 보일 때도 있고,
심지어 절망에 빠진 것처럼 보이기도 한다.

그러나 이러한 모습들은
같은 산의 다양한 봉우리들의 모습과 같다.

믿음을 주십시오

쇠렌 키르케고르Søren Kierkegaard

오 하느님!
저를 가르치셔서
제가 자신을 괴롭히거나
숨 막힐 듯한 생각 때문에
스스로 순교자가 되지 않게 해주십시오.
그보다는 오히려 믿음 안에서
깊이 숨 쉬는 법을 가르쳐주십시오.

내 눈을 감겨주십시오

라이너 마리아 릴케

내 눈을 감겨주십시오
나는 당신을 볼 수 있습니다.
내 귀를 막아주십시오
나는 당신의 소리를 들을 수 있습니다.
발이 없을지라도
나는 당신 곁에 갈 수 있습니다.
또한 입이 없어도
나는 당신에게 애원할 수 있습니다.
내 팔을 꺾어주십시오
나는 당신을 마음으로 더듬어 품을 수 있습니다.
내 심장을 멈추어주십시오
나의 뇌가 맥박 칠 것입니다.
만일 나의 뇌에 불이라도 사른다면
나는 나의 피로써 당신을 운반할 것입니다.

주여, 우리는

작자 미상

주여, 우리는
당신의 손 안에 쥐어져 있는 화살입니다.
당신의 손으로 당겨짐을
우리는 기쁨으로 여깁니다.

주여, 그러나
우리를 살며시 당기시옵소서.
우리는 연약하여 부러지고 말 것입니다.

주여, 그러나
우리를 힘껏 당기시옵소서.
그리고 우리가 부러졌을 때
우리를 돌보아 주옵소서.

참새와 백합

루이스 A. 보일

두 마리 참새가
벌거벗은 나무에서
둥지와 아기 새들에 대해서
정답게 속삭이는 모습을 보았습니다.
순간, 저는 잃었던 믿음을 되찾았습니다.
새들도 미래의 가정에 대하여
도란도란 즐겁게 얘기를 나누는데,
저의 필요를 채워주시는
아버지의 사랑을 어찌 의심할 수 있을까요.

진흙더미 속에서 피어난
예쁜 백합 한 송이를 보았습니다.
순간, 더없이 화려했던 솔로몬의 영광이
제 마음에 떠올랐습니다.
우리를 이 모든 것보다 훨씬 더 귀히 여기신다는
주님의 말씀을 기억하며,
제 영혼이 날개를 치며
주님을 찾아 솟아올랐습니다.

저는 영혼의 비단옷을 입고
생명의 노래를 불렀습니다.

모든 것을 믿고 또 사랑할 때면

칼릴 지브란Kahlil Gibran

그대
어깨에 놓인
인생의 손이 무겁고
밤이 무미(無味)할 때

바로
사랑과 믿음을 위한
시간입니다.

그대는 알고 계십니까?
얼마나 삶의 무게가 덜어지는지
얼마나 우리의 밤이 즐거워지는지

모든 것을 믿고
또 사랑할 때면.

주께 드린 나의 생명

키아라 루빅Chiara Lubich

주여 당신은 자주 제게 물으셨습니다.

당신을 얼마나 사랑하는지.

그러나 당신은 제 생각을 아시며

제 마음속에 간직된 것이 무엇인지 알고 계십니다.

저는 진심으로 당신을 사랑합니다.

저는 당신을 위해 살고 있습니다.

때때로 당신은 어둠 속에 가리어 계십니다.

이런 순간에는 고통스럽지 않을 수 없습니다.

그러나 당신은 고통이야말로 제 손 안의

황금과 같다고 가르쳐주셨습니다.

제게 보여주신 당신의 사랑은

그 무엇보다도 큽니다.

당신은 가지신 모든 것을 제게 주셨습니다.

이제는 제가 당신께 제 모든 일생을 드립니다.

당신이 어디를 가시든지 저는 당신을 따르겠습니다.

제 일생은 당신의 것이며

저는 당신을 사랑합니다.

나는 믿는다

로버트 풀검Robert Fulghum

나는 믿는다.

상상력은 지식보다 강하다는 것을 믿는다.

신화는 역사보다 힘이 세다는 것을 믿는다.

꿈은 사실보다 강력하다는 것을 믿는다.

희망은 항상 경험을 이겨낸다는 것을 믿는다.

웃음만이 크나큰 슬픔의

유일한 치료법이라는 것을 믿는다.

그리고 또 나는 믿는다.

사랑은 죽음보다 강하다는 것을.

내 삶의 신조

빈센트 반 고흐Vincent van Gogh

나는 침묵하고 싶다.
그러나 내 생각대로 말하지 않으면 안 된다.
사랑하고 사랑 받고
살고 생명을 주고
생명을 갱신하고 회복시키고
생명을 보존하고 싶다.
그리고 일하고 싶다.
생기 위에 활기를 더하고
다른 무엇보다도 유익하고 유용한 사람
뭔가 도움 되는 사람이 되고 싶다.
이를테면 불을 지펴준다거나
어린이에게 빵 한 조각과 버터를 주거나
고난 받는 이에게 물 한 잔 주는 일 같은 것 말이다.

믿음이란

작자 미상

믿음이란
시간에 대한 나의 생각이 주님 생각과 일치하지 않을 때에도
하느님이 시간의 주인이심을 인정하는 것.

믿음이란
내가 아무리 많이 하느님을 체험했다고 해도
그것이 매일매일의 교제에서 비롯된 게 아니라면
영적 성장에는 한 치의 도움도 안 됨을 아는 것.

믿음이란
내 방법을 끝까지 고집하기보다
나의 종됨을 인정하는 것.

믿음이란
나를 통한 하느님의 역사가
인간의 능력이 아닌 기적을 토대로 일어나며,
나의 선함이 아닌 그분의 약속에 기초하여
일어난다는 사실을 깨닫는 것.

믿음이란
설명되지 않는 것들을
설명되지 않은 채로 받아들이며 사는 것.

믿음이란
불확실한 세상에 살면서
지도에도 나와 있지 않은 길을 걸으며
알 수 없는 미래를 향해 나아가고 있을지라도
나를 향하신 하느님의 신실하심을 확신하는 것.

믿음이란
스테인드글라스의 신비로움이나
종교적 집기들의 성스러움을 통해서가 아니라,
고난과 실망과 환멸과 갈등과 낙담과 실패와 손해를 통해
무르익어 가는 것.

믿음이란
뭔가 특별해지고 싶을 때
일상의 것들을 하느님이 내게 주신
최고의 것들이라 인정해보는 것.

믿음이란
과거의 상처가 흉터로 남아 매일매일 눈에 띄더라도

하느님께서 그런 상처들을 통해

내 삶을 향한 그분의 완전한 계획을 이루어가심을 바라보
는 것.

믿음이란

이미 하느님의 손에 맡겨놓은 사안에 대해

다시 자기 힘으로 어떻게 해보려는 유혹이 들 때

그것을 과감히 뿌리치는 것.

믿음의 경주

맥스 루케이도Max Lucado

하느님이 당신을 위하신다.
경주하는 당신을 하느님이 응원하고 계신다.

결승선 너머를 보라.
하느님이 당신의 발걸음 하나하나에 박수를 보내고 계신다.

너무 지쳐서 더는 못 가겠는가?
그분이 데려가시리라.
너무 실망스러워 싸울 힘이 나질 않는가?
그분이 일으켜 세우시리라.

하느님은 당신 편이시다.

8. 소망

어린이는 어른의 아버지
원컨대 내 생의 하루하루가
모두 순진한 경건으로 이어지기를

무지개

윌리엄 워즈워스William Wordsworth

하늘의 무지개를 바라보노라면
내 마음 뛰누나.
나 어릴 때 그러하였고
어른이 된 지금도 그러하거늘
나 늙어진 뒤에도 그러하리라.
그렇지 않으면 나는 죽으리!
어린이는 어른의 아버지.
원컨대 내 생의 하루하루가
모두 순진한 경건으로 이어지기를.

꿈

랭스턴 휴스

꿈을 단단히 붙잡아요.

꿈을 잃으면 삶은

날개가 부러져 날지 못하는 새와 같으니까요.

꿈을 단단히 붙잡아요.

꿈을 잃으면 삶은

눈이 덮인 꽁꽁 얼어붙은 황무지니까요.

별똥별

로저 크로퍼드Roger Crawford

저는 덧없는 먼지가 되기보다는
아낌없이 타고 남은 재가 되고 싶습니다.
제 생명의 불꽃을
맥없이 질식시키기보다는
찬란한 화염 속에 완전히 불태우고 싶습니다.
활기 없는 영원한 행성보다는
제 안의 모든 원자를 찬란히 불사르는
하나의 별똥별이 되고 싶습니다.
인간의 참된 생명은
그저 존재하는 데 있는 것이 아니라
활기차게 사는 데 있습니다.
삶을 단순히 연장하려는 노력에
저의 소중한 날들을 낭비하지 않을 것입니다.
제게 주어진 시간을 알뜰히 사용할 것입니다.

삶이 그대를 속일지라도

알렉산드르 푸슈킨Aleksander Pushkin

삶이 그대를 속일지라도
슬퍼하거나 노하지 말라.
슬픈 날엔 참고 견뎌라.
이제 곧 기쁨의 날이 오리니.

마음은 미래에 사는 것
현재는 한없이 우울한 것.
모든 것 하염없이 사라지나
지나가 버린 것 그리움이 되리니.

우리를 아름답게 하소서

밥 벤슨Bob Benson

오 주님,
우리를 언덕처럼 평온하게
하늘처럼 맑게
구름처럼 순결하게
나무처럼 꼿꼿하게
햇빛처럼 따스하게
비처럼 상쾌하게
개울처럼 부글부글 끓게 하여 주소서.

오 주님,
만물을 지으시되
아름답게 지으시는 주님
우리 또한 아름답게 하여 주소서.

저로 하여금

칼릴 지브란

저로 하여금
오, 저로 하여금
제 영혼을
찬란한 빛 속에 멱 감게 해주십시오.
저로 하여금
가슴속 깊이
황혼을 호흡하고
무지개를 마실 수 있도록
허락해주십시오.

바라는 것

막스 에르만Max Ehrmann

소란스러움과 서두름 속에서도 늘 평온함을 유지하기를.
정적에 싸인 곳을 기억하기를.

한때 소유했던 젊음의 것들을 우아하게 포기하고
세월의 충고에 겸손히 의지하기를.

자신에게 온화하기를.

언젠가 때가 되면

성녀 루피나Rufina

언젠가 때가 되면
죽은 듯 보이던 메마른 담쟁이덩굴에
연두 빛 어린 새 잎이 피어나고

길가 커다란 붉은 고무통에도
이름 없는 들풀이 태어납니다.

숨 막히는 햇살과 사나운 칼바람을 견뎌낸 것이
큰 나무만의 이야기는 아닌가 봅니다.

작고 건조한 내 마음에도 희망의 잎 하나 피어납니다.

신이 내게 소원을 묻는다면

쇠렌 키르케고르

신이 내게 소원을 묻는다면
나는 부나 권력을 달라고 청하지 않겠다.
대신 식지 않는 뜨거운 열정과
희망을 바라볼 수 있는
영원히 늙지 않는 생생한 눈을 달라고 하겠다.
부나 권력으로 인한 기쁨은
시간이 지나가면 시들지만
세상을 바라보는 생생한 눈과
희망은 시드는 법이 없으니까!

인생의 희망은

폴 베르네르Paul Verner

언제나 인생은 평화와 행복으로만
살아갈 수는 없다.
괴로움이 필요하다.
그리고 노력이 필요하고
투쟁이 필요하다.

괴로움을 두려워하지 말고
슬퍼하지도 말라.
참고 견디어나가는 것이 인생이다.
인생의 희망은 늘 괴로운 언덕길
너머에 기다리고 있다.

희망의 씨를 뿌리는 거야

작자 미상

씨를 뿌려, 씨를 뿌려
조금이든, 많든, 전부든
중요한 것은 뿌리는 것이야
희망의 낟알을

뿌리는 거야
너의 미소를,
네 주위에서 반짝이도록

뿌리는 거야
너의 활력을,
삶의 전투에 직면할 수 있도록

뿌리는 거야
너의 용기를,
다른 이의 삶의 장애를 해결하도록

뿌리는 거야

너의 열정을, 너의 믿음을, 너의 사랑을.

뿌리는 거야
아주 작은 것들을,
아무것도 아닌 것들을.

뿌리는 거야
그리고 확신을 갖는 거야.
각각의 씨알은
작은 한 귀퉁이의 땅을
풍요롭게 할 거라고

인생

샬럿 브론테Charlotte Bronte

인생은, 정말, 현자들 말처럼
어두운 꿈은 아니랍니다
때로 아침에 조금 내린 비가
화창한 날을 예고하거든요
어떤 때는 어두운 구름이 끼지만
다 금방 지나간답니다

소나기가 와서 장미가 핀다면
소나기 내리는 걸 왜 슬퍼하죠?
재빠르게, 그리고 즐겁게
인생의 밝은 시간은 가버리죠
고마운 마음으로 명랑하게
달아나는 그 시간을 즐기세요

가끔 죽음이 끼어들어
제일 좋은 이를 데려간다 한들 어때요?
슬픔이 승리하여
희망을 짓누르는 것 같으면 또 어때요?

그래도 희망은 쓰러져도 꺾이지 않고
다시 탄력 있게 일어서거든요
그 금빛 날개는 여전히 활기차
힘 있게 우리를 잘 지탱해주죠

씩씩하게, 그리고 두려움 없이
시련의 날을 견뎌내 주어요.
영광스럽게, 그리고 늠름하게
용기는 절망을 이겨낼 수 있을 거예요.

9. 사랑

그 모든 것을 사랑하라
그대 앞에 떨어지는
한 가닥 빗줄기조차도

사랑은 생명 이전이고

에밀리 디킨슨Emily Dickinson

사랑은 생명 이전이고
죽음 이후이며
천지 창조의 근원이자
지구의 해설자

네 개의 대답

크리스티나 로세티Christina Rossetti

무거운 것이 무어지?
바다의 모래와 슬픔.

짧은 것이 무어지?
오늘과 내일.

약한 것이 무어지?
꽃과 젊음.

깊은 것이 무어지?
사랑과 진리.

사랑

라이너 마리아 릴케

사랑 받는 것은
타버리는 것

사랑하는 것은
어둔 밤에 켠 램프의 아름다운 빛

사랑 받는 것은
꺼지는 것

그러나 사랑하는 것은
긴긴 지속

사랑

요한 볼프강 폰 괴테Johann Wolfgang von Goethe

우리는 어디서 태어났는가?
사랑에서.

우리는 어떻게 멸망하는가?
사랑이 없으면.

우리는 무엇으로 자기를 극복하는가?
사랑에 의해서.

우리를 울리는 것은 무엇인가?
사랑.

우리를 항상 결합시키는 것은 무엇인가?
사랑.

모든 것을 사랑하라

표도르 미하일로비치 도스토옙스키 Fyodor Mikhailovich Dostoevskii

모든 잎사귀를 사랑하라.
모든 동물과 풀을 사랑하라.
그 모든 것을 사랑하라.
그대 앞에 떨어지는
한 가닥 빗줄기조차도.
그대가 모든 것을 사랑하면
모든 것 속에 담긴 신비도 보리라.
그대가 모든 것 속에 담긴 신비를 본다면
날마다 모든 것을 더 잘 이해하리라.
마침내 모든 것을 받아들이고
그대 자신과 세상 전체를 사랑하리라.

사랑을 위해 사랑하라

스와미 비베카난다Swami Vivekanand

모든 사랑은 팽창한다
모든 이기주의는 수축한다
사랑은 삶의 유일한 법이므로

사랑하는 사람은 살아가고
이기적인 사람은 죽어가고 있다

그러므로 사랑을 위해 사랑하라
그것이 삶의 법이기 때문이다
당신이 숨 쉬며 사는 것처럼

용서

야기 쥬키치八木重吉

신(神)과 같이 용서하고 싶다.
사람이 던지는 증오를 품어
따뜻하게 하여
꽃처럼 된다면,
신 앞에 바치고 싶다.

10. 십자가와 부활

우리는 하루에도 여러 번
죽음을 경험하지만,
또다시 태어난다

십자가의 길

성 알폰소St. Alphonsus

주님은 저를 지극히 사랑하셨기에
죽음의 길마저 가셨나이다.
저도 이제는
주님을 따라가게 하여주소서.
주님과 더불어, 주님을 위하여
저도 죽고자 하나이다.

영원한 목수

E. 메릴 루트E. Merrill Root

목수였던 그분은 커다란 목재와 씨름하며
열심히 땀 흘려 일하셨습니다.
울퉁불퉁한 나뭇결에는 대패질을 하고
힘차게 쾅쾅 못질을 하셨습니다.

잣나무나 백향목 목재로
그 나무의 쓸모에 따라
영원한 집을 짓기에 앞서
임시로 거처할 집을 지으셨습니다.

이런 목수였던 그분을 붙들어
그분의 정다운 벗인 나무 위에 매달고
그분의 손때 묻은 못을
그분의 몸에 박다니,
이 어인 일인가요.

나를 저버리지 않는 변함없는 사랑이여

조지 마테슨George Matheson

나를 저버리지 않는 변함없는 사랑이여,
내 지친 영혼이 당신의 풀밭에 편히 쉬게 하소서.
당신이 주신 나의 생명을 당신께 도로 바치려 하오니,
바다 같은 그 깊음 속에서
내 생이 더욱 풍요로워지기 위함입니다.

나의 길을 비추는 생명의 빛이여,
꺼진 내 등불을 당신께 바치려 하오니,
당신으로부터 다시 빛을 받아
그 찬란한 빛으로
내 영혼이 더 밝게 빛나기 위함입니다.

아픔을 통하여 나를 찾으시는 기쁨이여,
당신께는 내 마음을 닫을 수가 없습니다,
비온 뒤 무지개를 바라보며 당신의 약속을 생각하고
부활의 아침에는 눈물이 없음을 알기 때문입니다.

숙여진 내 머리를 쳐들게 하는 십자가여,

내 어이 당신에게서 도망하겠습니까.
이 세상의 영화는 티끌과도 같고,
바로 거기서부터 영원한 생명이 꽃피는 까닭입니다.

주께서 십자가를 지셨습니다

로렌스 하우스먼Laurence Housman

주께서 십자가를 지셨습니다.
저는 무엇을 져야 하겠습니까?

주께서 가시면류관을 쓰셨습니다.
저는 무엇을 써야 하겠습니까?

주께서 나를 돌보셨습니다.
저는 누구를 돌보아야 하겠습니까?

주께서 죽임을 당하셨습니다.
제가 감히 무엇을 더할 수 있겠습니까?

부활절의 기쁨

데이지 콘웨이 프라이스Dasiyb Conway Price

주 예수여,
저 역시 당신을 모른다고 딱 잡아뗐습니다.
그래서 뺨을 스치는 새벽바람은 싸늘하고
때를 알리는 닭 울음소리는 무척이나 크게 들렸습니다.

학자들이 잔꾀를 부려
당신을 비웃고 조롱하고 저주하며
실컷 모욕한 뒤 죄를 뒤집어씌워
나중에는 십자가 형틀에 매다는 동안에
저 역시 그저 가만히 앉아 있었습니다.

그러나 죽은 사람이
잠자고 있던 몸이
아름답고 힘차게 소생하는 것을
저는 보았습니다.
그 순간, 의심은 확실한 믿음으로
절망은 사랑과 환희의 노래로 바뀌었습니다.

나는 천 개의 바람

작자 미상(어느 인디언)

내 무덤 앞에 서지 마세요
그리고 풀도 깎지 마세요

나는 그곳에 없답니다
나는 그곳에 잠들어 있지 않아요

나는 불어대는 천 개의 바람입니다
나는 흰 눈 위의 다이아몬드의 반짝임입니다

나는 익은 곡식 위를 내리쪼이는
태양 빛입니다

나는 당신께서 고요한 아침에 깨어나실 때에
내리는 점잖은 가을비입니다

나는 원을 돌며 나는
새들을 받쳐주는 날쌘 하늘 자락입니다

나는 무덤 앞에 빛나는 부드러운 별빛입니다

내 무덤 앞에 서지 마세요
그리고 울지 마세요

나는 그곳에 없답니다
나는 죽지 않았답니다

부활절에 드리는 기도

사무엘 존슨Samuel Johnson

전능하신 하느님,

당신의 자비로서

저는 그리스도의 죽으심을 기념합니다.

제가 살아 있어서 그의 죽으심과 부활은

저로 하여금

영원한 행복으로 이끌어줍니다.

저로 하여금

나쁜 버릇과 습관을 이기게 도와주소서.

저를 사악한 생각과 행동에서 구하여주소서.

저의 임무를 분명히 알 수 있는 빛을 주시며

의무를 행할 수 있는 은혜를 주소서.

날이 샐 때마다

저로 좀 더 순결하고 좀 더 거룩하게 도우소서.

저로 당신을 충실히 섬기며

신뢰로 섬기게 하소서.

당신이 저의 가정을 찾으실 때

우리는 당신의 영원한 생명과 행복으로

돌아갈 수 있을 것입니다.

부활 체험

텐진 빠모Tenzin Palmo

명상의 소리를 들을 때
생각을 멈춘다.
말을 멈춘다.
그 순간 우리는
진정한 자아로 되돌아갈 것이다.
이것은 부활이다.
우리는 하루에도 여러 번
죽음을 경험하지만,
또다시 태어난다.

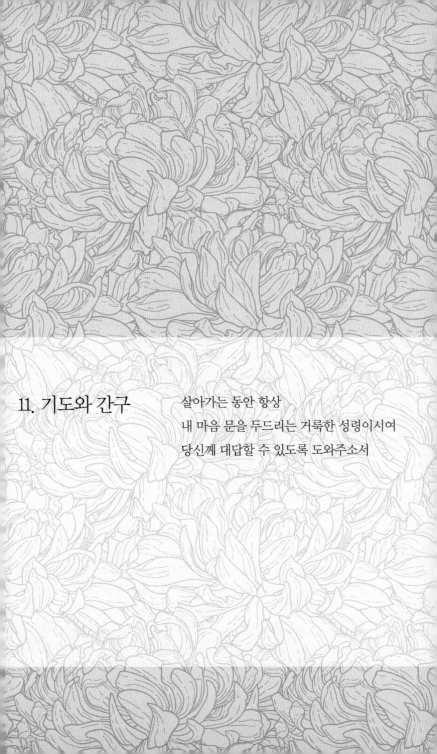

11. 기도와 간구

살아가는 동안 항상
내 마음 문을 두드리는 거룩한 성령이시여
당신께 대답할 수 있도록 도와주소서

사룸의 작은 기도문

사룸Sarum

하느님,
저의 머리와 지혜 속에 함께하소서.

하느님,
저의 눈과 시야 속에 함께하소서.

하느님,
저의 입과 말 속에 함께하소서.

하느님,
저의 마음과 생각 속에 함께하소서.

하느님,
제가 죽어 세상을 떠날 때에도 함께하소서.

나는 오직

작자 미상

나는 오직 하나의 불꽃입니다
나를 불로 만드소서.
나는 오직 하나의 줄입니다.
나를 하프로 만드소서.
나는 오직 하나의 물방울입니다
나를 샘으로 만드소서.
나는 오직 하나의 개미탑입니다
나를 산으로 만드소서.
나는 오직 하나의 깃털입니다
나를 날개로 만드소서.
나는 오직 한 노예입니다
나를 왕으로 만드소서.
나는 오직 하나의 고리입니다
나를 사슬로 만드소서.
나는 오직 가랑비입니다
나를 큰 비로 만드소서.

인생의 출발점에 서서

작자 미상

사랑하는 주님,
인생의 출발점에 서서
저는 간절히 두 가지를 알고 싶습니다.

제가 누구이며,
제 평생에 당신께서 제게 무엇을 원하시는지
지금 알고 싶습니다.

가르쳐주실 수 없습니까, 주님?

말없는 기도

마사 스넬 니컬슨Martha Snell Nicholson

때때로 저는 말로 기도하지 않습니다
제 손으로 제 마음을 취하여
주 앞에 올려놓습니다
그가 이해하시므로 저는 기쁩니다

때때로 저는 말로 기도하지 않습니다
주님의 발 앞에 영혼의 고개를 숙이고
주님의 손을 제 머리에 얹게 하여
우리는 조용하며 달콤하게 사귐을 나눕니다

때때로 저는 말로 기도하지 않습니다
피곤해진 저는 그냥 쉬기만을 바랍니다
제 약한 마음은 구주의 온유한 품속에서
모든 필요를 채웁니다

참된 기도

라빈드라나트 타고르

위험에서 벗어나게 해달라고
기도하지 말게 하시고,
위험에 처해서도
겁내지 말게 해달라고 기도하게 하소서.
고통을 멎게 해달라고 기도하지 말게 하시고
고통을 극복할 용기를 달라고 기도하게 하소서.
인생의 싸움터에서
동조자를 찾게 해달라고 기도하지 말게 하시고,
인생과 싸워 이길
스스로의 힘을 달라고 기도하게 하소서.
근심스러운 공포에서 구원해달라고
기도하지 말게 하시고,
자유를 싸워 얻을 인내를 달라고 기도하게 하소서.
겁쟁이가 되고 싶지 않나이다.
도와주소서.
일취월장하는 성공 속에서만
하느님께서 자비하다고 생각지 말게 하시고,
거듭되는 실패 속에서도

하느님께서 내 손을
힘껏 쥐고 계시다고 감사하게 하소서

지혜를 구하는 기도

라인홀트 니부어Reinhold Niebuhr

하느님,
제가 변경할 수 없는 일들을
받아들일 수 있는 마음의 평온함을,
제가 변경할 수 있는 일들을 변경하는 용기를,
그리고 그 둘의 차이점을 아는 지혜를
제게 허락하소서.

한 번에 하루만 살게 하소서.
한 번에 한 순간만 즐기게 하소서.
역경을 평화의 통로로 받아들이게 하소서.

당신께서 그러하셨듯이
이 죄 많은 세상을 제가 원하는 식으로가 아니라
그 모습 그대로 받아들이게 하소서.
당신께서 만사를 바르게 하실 것임을
신뢰하게 하소서.

제가 당신의 뜻에 굴복한다면,

저는 이 땅의 삶에서 꽤나 행복할 것입니다.
그리고 내세에서는
당신과 영원히 함께 있으면서 말할 수 없이
행복할 것입니다.

어린이가 바치는 기도

레이첼 필드Rachel Field

이 빵과 우유를 축복해주세요.

제가 따뜻하게 잘

이 푹신한 침대를 축복해주세요.

내일 창가에 아침이 찾아올 때까지

어두운 밤에 자는 동안

무서운 일이 생기지 않게 해주세요.

제 친구 장난감들을 축복해주세요.

제가 여기저기 돌아다닐 때

신는 신발을 축복해주세요.

제 작은 의자를 축복해주세요.

전등 불빛과 난로의 불꽃을 축복해주세요.

지칠 줄 모르고

사랑으로 키워주시는 손길을 축복해주세요.

친구들과 가족을 축복해주세요.

아빠와 엄마를 축복하시고

저희 가족이 더 사랑하게 해주세요.

먼 나라, 가까운 나라에 사는

어린이들을 축복하시고

걱정 없이 안전하게 살게 해주세요.
그래서 제가 평화롭고 건강하게
잠들고 깰 수 있게 해주세요.

자녀들을 위한 기도

존 예이츠John Yeats

주님, 당신의 축복이

우리 자녀들 하나하나 위에 머물기를 기도합니다.

당신의 돌보심

당신께서 베푸시는 일용할 양식

당신의 평화

당신의 인도하심

당신의 비할 바가 없는 선하심을

그들이 알게 되기를 기도합니다.

그들이 당신께 와서 서로에 대한 헌신으로

마음이 늘 견고하여 흔들림이 없기를 기도합니다.

그들이 모든 면에서 당신의 완전하심에까지 자라나

당신께서 주신 중요한 사명을

완수하게 되기를 기도합니다.

그들이 그들을 향한

나의 사랑을 알게 되기를 기도합니다.

그들의 아버지나 어머니로서

내가 갖고 있는 최고의 특권을

그들이 알게 되기를 기도합니다.

지금 여기에서 우리가 경험하기 시작한
사랑 안에서 자라는 모든 영원한 것을
당신의 은총으로 말미암아
나와 내 자녀들이
함께 누릴 수 있게 되기를 기도합니다

감각을 위한 축복 기도

존 도너휴John Donohue

그대의 몸에 축복 있으라.
그대의 몸이
그대 영혼의
충실하고도 아름다운 친구임을 깨달으라.
그대에게 평화와 기쁨 있으라.
그대의 감각들이 신성한 문(門)임을 인식하라.
보고 듣고 느끼고 만지고 생각하는 것이
거룩한 것임을 깨달으라.
그대의 감각들이 그대를 온전케 하여
그대를 본향으로 데려가기를 바라노라.
그대의 감각들이 늘 그대로 하여금
지금 그대가 있는 곳에 펼쳐진
우주와 신비와 가능성들을
경축하게 하기를 바라보라.
지상의 에로스가 그대를 축복하기를 바라노라.

성경을 읽기 전의 기도

켄 가이어Ken Gire

오 하느님,
성경에 기록된 모든 말씀을
보배로 여길 수 있도록
우리를 도와주소서.
그러나 우리를 당신께 이끌어주는 것으로서만
그 말씀을 보배로 여기게 하소서.
그 말씀이 당신을 발견하는 데
디딤돌이 되게 하소서.
설령 제가 당신을 찾다가 길을 잃고
헤매더라도
설령 제가 어떤 종교적 논쟁의
가시에 찔리더라도
그 말씀에 대한 신뢰만큼은
저버리지 않게 하소서.
설령 제가 길을 잃더라도
당신의 두 팔에 안겨서만 그리 되게 하소서

기도

조지 매디슨George Madison

살아가는 동안 항상
제 마음 문을 두드리는 거룩한 성령이시여
당신께 대답할 수 있도록 도와주소서.

저는 궤도를 벗어난 별처럼
이리저리 왔다갔다하며 살고 싶지 않습니다.
당신 뜻을 억지로 따르고 당신의 법을 무턱대고 지키며
당신의 명령에 마지못해 복종하는 짓은 하고 싶지 않습니다.

살아가면서 당하는 모든 일을
당신께서 주시는 선하고 온전한 선물로 받아들이겠습니다.
인생의 슬픔일지라도 당신께서 주시는 포장된 선물로 받아
들이겠습니다.
아침과 대낮과 밤, 봄과 여름과 겨울에도
제 마음을 활짝 열어두겠습니다.
당신께서 햇빛으로 오시든 빗줄기로 오시든
기쁨으로 당신을 내 가슴에 모시겠습니다.

당신은 햇빛보다 더 밝으신 분
빗줄기를 내리시는 분
제가 간절히 바라는 것은 당신의 선물이 아니라 바로 당신이
옵니다.

두드리소서.
당신께 문을 활짝 열어드리겠습니다.

12. 은혜와 감사

하느님, 감사드립니다
당신이 피우신 꽃들의
향긋한 꽃내음이 주는 기쁨에!

봄날 아침

로버트 브라우닝Robert Browning

때는 봄
아침
일곱 시.
이슬 젖은 언덕 기슭에서
종달새 노래하며 하늘에 날고
달팽이 가시나무 위를 기어가고
하느님은 하늘에 계시니
온 누리가 평화롭구나.

라일락 향기

앨리스 데이비드슨Alice Davidson

방금 나는
사방 어디에나 피어 있는
짙은 라일락 향기를 맡았습니다.
그리고 방금 나의 걱정거리도
물거품처럼
연푸른 하늘 속으로
사라졌습니다.

하느님, 감사드립니다.
당신이 피우신 꽃들의
향긋한 꽃내음이 주는 기쁨에!

당신의 은총을 주십시오

뤼시앵 제르파뇽Jerphagnon Lucien

주님, 언제나 있는 그대로의 세계를
받아들일 수 있는 아량을
당신의 은총으로 베풀어주십시오.

그렇게 쉽사리 다시 오지는 않을 멋진
기회를 놓쳐버리거나
중요한 일을 처리해야만 하는 날
심한 두통이 엄습하더라도,
또는 비를 맞으면서
만원이 된 버스를 놓쳐버렸을 때에도
주어진 사실을 그대로 받아들일 수 있게
주님, 당신의 은총을 주십시오.

그럴 때마다 또한 유머를 잊지 않는 마음도
베풀어주십시오.

감사로 채워라

멜로디 비티Melody Beattie

감사는 풍성한 생명을 여는 열쇠이다.
감사는 현재 가지고 있는 것을 충분히,
아니 더 많이 느끼게 한다.
부정을 수용으로 바꾸고,
혼돈을 질서로,
혼란을 명쾌함으로 돌려세운다.
한 끼 식사를 풍족한 잔치로,
평범한 집을 오순도순 정이 흐르는 가정으로,
나그네를 친구로 바꾼다.

감사 기도

알렉산드르 솔제니친Aleksandr Solzhenitsyn

오 주님,

제가 당신과 함께 살아간다는 건

얼마나 쉬운 일인가요!

제가 당신의 존재를 믿는다는 건

얼마나 쉬운 일인가요!

가장 똑똑한 사람들이 오늘의 삶에 매몰되어

내일 무엇을 해야 할지 몰라

허둥대는 모습을 보며 제 마음이

당혹스러움이나 망설임 가운데 흩어질 때,

당신께서는 제게 확신을 주십니다.

당신께서 존재하여

선한 길들이 모두 막히지 않도록

배려해주시리라는

고요한 확신을 제게 주십니다.

결코 나 홀로는 발견하지 못했을 그 길,

절망을 통과하며 저를 이 지점까지

이끌어온 그 길을

이제 저는 세속적 명예의 용마루에 우뚝 서서

놀라움 가운데서 뒤돌아봅니다.
저는 이 지점으로부터 당신의 환한 빛을
세상 사람들에게 전할 수 있습니다.
그리고 제가 아직도 전하지 않으면
안 될 만큼의 빛을
당신께서는 제게 주실 것입니다.
그러나 제가 취할 수 없는 만큼의 빛을
당신께서는 다른 사람들에게 할당하실 것입니다.

어느 병실에 걸린 시

작자 미상

주님! 때때로
병들게 하심에 감사합니다
인간의 약함을 깨닫게 해주시기 때문입니다

가끔 고독의 수렁에
내던져 주심에도 감사합니다
그것은 주님과 가까워지는 기회입니다

일이 계획대로 안 되게
틀어주심에도 감사합니다
그래서 저의 교만을 반성할 수 있습니다

아들딸이
걱정거리가 되게 하시고
부모와 동기가
짐으로 느껴질 때도
있게 하심에 감사합니다
그래서 인간된 보람을 깨닫기 때문입니다

먹고사는 데
힘겹게 하심에 감사합니다
눈물로써 빵을 먹는 심정을 이해할 수 있기 때문입니다

불의와 허위가
득세하는 시대에
태어난 것에도 감사합니다
하느님의 의가 분명히 드러나기 때문입니다

땀과 고생의 잔을
맛보게 하심에 감사합니다
그래서 주님의 사랑을 깨닫기 때문입니다

주님!
감사할 수 있는
마음을 주심에 감사합니다

이웃에게 감사하는 기도

라인홀트 니부어

오 하느님,
한 다발의 생명 속에
우리를 묶어두신 주님,
우리에게 은총을 베푸시어
우리 각자의 삶이
동료 인간들의 용기와 근면,
정직과 순전한 마음에
얼마나 깊이 관계되어 있는지
깨닫게 하소서.
또한 우리가
그들의 필요를 생각하게 하시고
그들의 신실함에 감사하게 하시며,
그들에 대한 우리의 책임을
성실히 다하게 하소서.

감사 기도

작자 미상

오 아버지!
이 모든 것이 빛남에 당신께 감사합니다.
낮의 어스름한 빛과 밤하늘의 별들.
우리 젊음의 꽃들과 우리 전성기의 열매들.
그리고 시간의 좁은 길로 행진하는 은총들.

오 아버지!
이 모든 것이 소중함에 당신께 감사합니다.
폭풍우의 한 조각, 눈물의 밀물.
결코 맹목적이지 않고 헛되지 않기 때문에
당신의 자비는 슬픔과 고통을 묵인했습니다.

오 아버지!
모든 것을 당신께 감사합니다.
인생의 어두운 시기에 서로를 돕는 힘에 대해,
너그러운 마음과 아낌없는 베풂과
슬픈 영혼을 이해하는 모든 정신적 도움.

값없이 주신 주님의 은혜

카를 바르트Karl Barth

주 우리 하느님,
저희를 높이기 위해
주님은 낮아지셨습니다.
저희를 부하게 하기 위해
주님은 가난해지셨습니다.
저희를 주님께 가게 하기 위해
주님은 저희에게 오셨습니다.
저희로 영원한 생명에 이르게 하기 위해
주님은 이처럼 사람이 되셨습니다.

아, 값없이 주신 은혜!
이 모두가 예수 그리스도 안에 있나이다.
이토록 놀라운 은혜로 인해
주님을 찬양하렵니다.
이토록 고귀한 생명을 받아
주님을 전파하렵니다.

하지만 주님, 이 모든 것

주님께서 저희 마음과 생각을 이끌지 않으시면
저희는 할 수 없나이다.

하오니 주님,
성령으로 오시어
저희가 나아가는 길을 보여주시고
친히 그 빛을 비추소서.

어느 패전 병사의 기도

작자 미상

무어나 얻을 수 있는 강한 체력을 달라고
하느님께 간구했으나
약한 몸으로 태어나
겸손히 복종하는 것을 배웠습니다.
큰일을 하기 위하여
건강을 구했더니
도리어 몸에 병을 얻어
좋은 일을 할 수 있게 되었습니다.
큰 부자가 되어
행복하기를 간구했으나
가난한 자가 됨으로
오히려 지혜를 배웠습니다.
한번 세도를 부려
만인의 찬사를 받기 원했으나
세력 없는 자가 되어
하느님을 의지하게 되었습니다.
제가 바라고 원한 것은
하나도 이루어지지 않았으나

은연중에 모든 것을 얻었나니

제가 구하지 않은 기도까지 이루어졌습니다.

저는 부족하되

만인 중에서

가장 풍족한 은혜를 입었습니다.

감사 기도

르네 바르트코프스키 Renee Bartknowski

손잡고 마음을 모아
당신께 감사드립니다, 주님.

저희에게 건강과 직업을 주시고
이 아름다운 세상에 살게 하신
이 모든 축복에 감사드립니다.

서로의 존재와 삶의 기쁨
저희가 주고받는 사랑에 대해
당신께 감사드립니다.

아이들을 주심에
그리고 그들 하나하나의 고유함과 특별한 재능
그 가능성에 대해서도 감사드립니다.

친척과 친구들의 우정과 도움,
그들이 우리 삶에 가져다주는 즐거움에 대해서도
당신께 감사드립니다.

우리의 가정과 편안함과 안정,
그 속에서 함께 나누는 기쁨에 대해서도
감사드립니다.

우리에게 주신 이 세상,
아름답고 풍요로우며
당신의 사랑과 영광을 엿볼 수 있는
이 세상을 주심에 감사드립니다.

끊임없이 저희를 도우시고 인도하시며
다함없는 사랑으로
돌보아 주심에 감사드립니다.

사랑하올 주님,
당신께서 주시는 이 귀중한 선물에
감사할 줄 알게 하소서.

웃음을 통한 감사 기도

테레사 수녀

영광의 주님,
당신께서는 제 삶에 많은 기쁨을 가져다주셨습니다.
당신의 풍성한 축복을 제가 볼 때마다
웃음으로 당신께 감사드립니다.

배고픔으로 고통 받는 어린아이들에게
먹을 것을 주는 모습을 볼 때마다
저는 눈으로 웃음 짓습니다.
당신의 부르심에 사람들이 응답하는 것을 볼 때마다
저는 입을 벌려 활짝 웃습니다.

오 주님,
제가 활짝 웃게 하시고
웃음으로 가득 채워주소서.
그러면 저는 당신의 참된 현존을 알고
당신을 찬미하며 웃을 것입니다.

바로 이러한 놀랍고도 기쁜 웃음 때문에
감사합니다, 주님.

13. 보호와 인도

주님, 당신의 하얀 불꽃으로
양초에 불을 지피소서
저의 양초에 불을 지피소서

어부의 기도

작자 미상

사랑하는 하느님,
제게 당신의 친절을 베풀어주소서.
바다는 너무도 넓고
저의 배는 너무도 작습니다.

하느님의 등산가

에이미 카마이클Amy Carmichael

우리를 당신의 등산가가 되게 하소서.
우리는 낮은 비탈에서 머뭇거리지 않을 것입니다.
오 소망의 하느님,
우리를 소망으로 새롭게 채우소서.
우리가 등반하다가 생을 마감하게 하소서.
저 멀리 우리 앞에 펼쳐져 있는
작은 마지막 협곡이 온통 불타는 때에
그 빛 속에서 우리는
우리의 인도자, 우리의 주님을 봅니다.

하느님의 약속

애니 존슨Annie Johnson

하느님은 우리에게 약속하셨습니다.
하루를 살아갈 수 있는 힘
노동을 위한 휴식
길을 밝히는 빛
시련을 넘어선 은총
하늘로부터의 도움
변치 않는 연민
영원한 사랑을 주시겠다고
하느님은 우리에게 약속하셨습니다.

순례자의 기도

존 웨슬리John Wesley

오 주님,
당신께로 향한 우리의 전진이
그 무엇에 의해서도 중단되지 않게 하소서.
이 세상의 위험한 미로에서
이 땅에서의 우리 순례의 모든 과정에서
당신의 거룩하신 명령이
우리의 지도(地圖)가 되게 하시고
당신의 거룩하신 생명이
우리의 안내자가 되게 하소서.

빛을 위한 기도

그레이스 놀 크로웰Grace noll Crowell

주님, 날이 어둡습니다
걸어가기에는 길이 너무 거칩니다
이 밤의 어둠 속에서
제 손에 들린 것이라고는
불을 켜지 않은 양초일 따름입니다

주님, 저의 추켜올린 손안의
초를 보아주십시오.
그 초에 주님의 손을 대시어
주님의 거룩한 빛으로 타오르게 하소서.
이 가느다란 밀랍 양초는 저의 믿음입니다

주님, 당신의 하얀 불꽃으로
양초에 불을 지피소서.
그 불의 원(圓)이 제 발 아래 점점 넓어져
어둠을 가로지르는 하나의 길이 드러날 때까지
저의 양초에 불을 지피소서.
저의 양초를 활활 태워주소서.

그러면 저는 이 미지의 땅을
계속 통과해 나아갈 것입니다.
이제 그 길은 결코 너무 어둡거나
너무 아득하게 되지 못할 것입니다.
제 손안에
주님의 빛이 들려 있을 것이기 때문입니다.

주의 인도하심을 바라며

부오나로티 미켈란젤로Buonarroti Michelangelo

오 주님,
당신의 성령에 의지해 기도할 수 있다면
제 기도는 참으로 향기를 발할 것입니다.
하지만 당신의 도우심을 받지 못하면
제 마음은 메마른 흙 같아
아무것도 스스로 채울 수 없나이다.
당신은 모든 선하고 경건한 일의 씨앗!
당신이 허락하실 때에만 그 씨앗은 싹을 틔웁니다.
당신의 유일한 진리의 길을
우리에게 보여주시지 않는다면
그 길을 찾을 자 아무도 없나이다.
주께서 길을 인도해 주소서.

제가 원하는 것

토머스 머튼Thomas Merton

예수님,
제가 원하는 것은
점점 더 많이
모든 것을 주님께 포기하는 것입니다.
가면 갈수록
제가 어디로 가는지 더 모르겠습니다.
저를 인도하시고
완전히 다스리소서.

평온한 말

가브리엘라 미스트랄Gabriela Mistral

이제 인생의 중간에 와서 나는
꽃처럼 싱그러운 진실을 줍는다.
삶은 밀처럼 귀하고 달콤하며
미움은 짧고 사랑은 광대하다.

피와 상처로 얼룩진 시를
미소 어여쁜 시와 바꾸기로 하자.
천상의 제비꽃 열리고 골짝 사이로
바람이 달콤한 숨결을 불어 보낸다.

이제 기도하는 이의 마음만 아는 것이 아니라
이제 노래하는 이의 마음도 이해하게 된다.
목마름은 오래가고 산허리는 구불구불하나
한 떨기 나리꽃은 우리의 눈길을 잡아맨다.

우리의 두 눈은 눈물로 무거우나
시냇물은 우리를 웃음 짓게 하고
하늘 향해 터지는 종달새 노래는

죽는 일이 어려움을 잊게 만든다.

이제 내 살을 뚫는 것은 없다.
사랑과 함께 모든 소란은 그쳤다.
어머니의 눈길은 아직도 내게 평온을 주고
하느님이 나를 잠재우고 있음을 느낀다.

당신의 손에 할 일이 있기를

작자 미상(켈트족 인디언)

당신의 손에 언제나
할 일이 있기를

당신의 지갑에 언제나 한두 개의
동전이 남아 있기를

당신 발 앞에 언제나
길이 나타나기를

바람은 언제나 당신의 등 뒤에서 불고
당신의 얼굴에는 해가 비치기를

이따금 당신의 길에
비가 내리더라도
곧 무지개가 뜨기를

불행에서는 가난하고
축복에서는 부자가 되기를

적을 만드는 데는 느리고
친구를 만드는 데는 빠르기를

이웃은 당신을 존중하고
불행은 당신을 아는 체도 하지 않기를

당신이 죽은 것을 악마가 알기 30분 전에 이미
당신이 천국에 가 있기를

앞으로 겪을 가장 슬픈 날이
지금까지 가장 행복한 날보다
더 나은 날이기를
그리고 신이 늘 당신 곁에 있기를

그대 어깨 위로 늘 무지개 뜨기를

체로키 인디언의 축복 기도

하늘의 따뜻한 바람이
그대 집 위로 부드럽게 일기를.

위대한 영혼이 그 집에 들어가는
모든 이를 축복하기를.

그대의 모카신 신발이
눈 위에 여기저기 행복한 흔적 남기기를.

그리고 그대 어깨 위로
언제나 무지개 뜨기를.

14. 고독과 고난

당신은 어둠 속을 비추는 저의
광명이십니다
추운 겨울날을 녹이는 저의
온기이십니다
슬픔을 이기게 해주는 저의
행복이십니다

고난

작자 미상(어느 인도인)

주여,
고난의 십자가에
감사의 사다리를 놓아
주의 발에 입맞춤하게 하소서.

백배의 고통을 더 주소서

성 프란시스

주 하느님,
이 고통을 주신 당신께 감사하나이다.
내 주여,
당신의 뜻이라면
백배의 고통을 더 주소서.
당신의 거룩하신 뜻이 이루어짐이
나에게는 넘치는 위안이 되오니,
당신이 주시는 고통을
내가 진심으로 받아들이겠나이다.

고통 중의 기도

델리카(4세기 순교자)

고통 중에

주님,
당신께 감사드립니다.

하지만 어떻게 감사드려야 마땅한지
알 길이 없습니다.

저에게 인내심을 주시고
고뇌에서 해방시켜주십시오.

당신께 간구하오니
나를 도우시어
평온을 잃지 않게 지켜주시고 보호해주십시오.

저에게 인내심을 주십시오.
고통은 잠시의 것, 즐겨 받아들이겠습니다.
부끄럼을 당하지 않게 해주십시오.

주님,
당신께 내 희망을 다져두며
인내심을 청합니다.

외로움 중에 드리는 기도

작자 미상

예수님, 나의 주님,
저를 따뜻이 위로해주옵소서.
낯선 땅에 살면서 당신을 갈망하는 이들을
찾아주소서.
당신 없이 죽어가고 있는 이들,
이미 죽은 자들도 찾아주소서.
예수님, 나의 주님,
당신을 핍박한 자들도 찾아주소서.
주 예수님,
당신은 어둠 속을 비추는 저의
광명이십니다.
추운 겨울날을 녹이는 저의
온기이십니다.
슬픔을 이기게 해주는 저의
행복이십니다.

외로울 때

루이스 더햄Lewis Durham

하느님 아버지!
아버지의 뜻과는 다르게 저는 제 생각에 의하여
자신이 슬프고 피곤하며 놀라움으로 당신께 가옵니다.
제 영혼 속의 격렬하고 끊임없는 투쟁으로 충만한
저의 외로움에서 저를 구하여주시고,
제가 어리석게 쌓은 장벽을
아버지께서 부수어 열어주시어
　저로 하여금 친구와 가족의 안락함과 평안과 기쁨을 알게
하소서.
　또한 제가 분노와 실패로 당신을 등지고 세운 장벽을 함께
무너뜨려 주소서.

새벽의 기도

디트리히 본회퍼Dietrich Bonhoeffer

오 하느님,
이른 아침에 주님께 부르짖으오니
기도하게 하시며
오직 주님만 생각하게 하소서

제 안에 어둠이 있으나
주님과 함께라면 빛이 있으며

저는 홀로이나
주님이 저를 홀로 두지 않으시며

제 마음은 연약하나
주님과 함께라면 도움을 얻고

제겐 쉼이 없으나
주님과 함께라면 평안이 있으며

제 안에 고통이 있으나

주님과 함께라면 인내가 있고

저는 주님의 길을 이해하지 못하나
주님은 저의 길을 아시니
소생시키시어 자유롭게 하소서.

주여, 오늘 무슨 일이 닥치든지
주님의 이름이 찬양 받으소서

*사형 집행을 기다리며 쓴 기도문

오 주님, 왜, 왜?

톰 오도넬Tom O Donnell

주님,
아직 어린아이였을 때
저는 '왜?'라는 무수한 질문으로
엄마를 난처한 지경에 빠뜨리곤 했습니다.

이제 어른이 된 지금,
'왜?'라는 질문에
제가 답변할 차례가 되었습니다.
당신의 아드님 예수 그리스도께서
우리를 올곧게 하려고 그리도 애쓰셨건만
인종 차별과 민족적 우월감, 그리고 증오가
나라와 민족 사이에서
아직도 그리도 판치고 있는 것은
도대체 어찌된 노릇입니까?

개미들을 포장도로 위에 올려놓고
사정없이 짓밟는 몰인정한 사내 녀석들처럼
날마다 우리의 이 작은 지구 곳곳에서

하느님을 믿지 않는 지도자들이
인간의 생명에 콧방귀를 뀌는 것은
도대체 어찌된 노릇입니까?

여기 이 나라의 갓난아기들은 말할 것도 없고
저 먼 나라의 갓난아기들이
맥없이 굶어 죽어가는 동안에도
선의를 표방하는 정부 관료들은
그 아기들을 누가 구할 것인가를 놓고
공허한 다툼이나 벌이고 있는 것은
도대체 어찌된 노릇입니까?

오로지 선을 행한 자들이 젊어서 죽는 것은
도대체 어찌된 노릇입니까?
우리가 가장 많이 이해할 필요가 있는 것을
우리가 가장 적게 이해하고 있는 것은
도대체 어찌된 노릇입니까?

주님,
이런 질문들
아니, 이와 비슷한 수천의 질문들이
저를 당신으로부터 멀어지게 하던 때가 있었습니다.
그러나 바로 이 동일한 질문들이

오늘날에는
저를 당신께로 더욱 가까이 이끌어갈 뿐입니다.
오 주님, 왜, 왜?

희망의 산맥으로

마틴 루서 킹Martin Luther King

우리를 실패로부터 지켜주실 수 있는 분
우리를 절망의 음침한 계곡으로부터
희망의 산맥으로 번쩍 들어 올리실 수 있는 분
우리를 자포자기의 캄캄한 한밤중으로부터
기쁨의 새벽으로 끌어 올리실 수 있는 분
오 주님,
능력과 권세와 영광이
당신께 영원히 함께 있을 것입니다.

슬퍼 말아요

렘브란트 피얼

오 그대여!
슬퍼 말아요.
이제 슬퍼 말고 기도합시다.
그대여!
낮보다 밤이 많지는 않다오.
사랑하는 이여!
지금은 비가 내리고
시간의 바퀴는 무겁게 돌고 있지만,
그대여!
생각해보면
먹구름 어두운 날이 맑은 날보다
많은 것은 아니랍니다.

친구여!
어언 우리는 늙어
우리의 머리카락은 희어져 눈빛이지만,
그대여 생각해보면
마음은 언제나 청춘임을 발견할 것이오.

사랑하는 이여!
우리에게도 젊은 날의 희망과
아름다운 장밋빛 꿈이 있었지요.
그대여!
이제 길고 어두운 밤,
눈 내리는 세월이 오고 있습니다.

그러나 친구여!
하느님께서는
낮과 같이 밤을 주시기도 하는 것을,
어디이건 그분이 이끄시는 길이면
우리가 순종해야 함을 알고 있겠지요.
아 그대여!
그렇게 침침한 죽음의 밤
밤의 하느님,
생명으로부터 훌륭한 반려자를 인도하는 문은
그분께로 인도하는 문임을 잊지 맙시다.

고난기에 사는 친구들에게

헤르만 헤세

사랑하는 벗들이여, 암담한 시기이지만
나의 말을 들어주어라
인생이 기쁘든 슬프든, 나는
인생을 탓하지 않을 것이다.

햇빛과 폭풍우는
같은 하늘의 다른 표정에 불과한 것
운명은, 즐겁든 괴롭든
나의 훌륭한 식량으로 쓰여야 한다.

굽이진 오솔길을 영혼은 걷는다.
그의 말을 읽는 것을 배우라!
오늘 괴로움인 것을, 그는
내일이면 은총이라고 찬양한다.

어설픈 것만이 죽어간다.
다른 것들에게는 신성(神性)을 가르쳐야지.
낮은 곳에서나 높은 곳에서나

영혼이 깃든 마음을 기르는

그 최후의 단계에 다다르면, 비로소
우리는 자신에게 휴식을 줄 수 있으리.
거기서 우리는 하느님의 목소리를 들으며
하늘을 우러러 볼 수 있으리.

걱정거리들

엘리자베스 배릿 브라우닝Elizabeth Barrett Browning

내 마음 애태우던 작은 걱정거리들을
나는 요즘 떨쳐버렸습니다.
망망한 대해 가운데서
일렁이는 바람결 속에서
짐승들의 울음소리
나뭇잎 스치는 바람소리
새들의 노래
붕붕대는 벌들의 노래 속에서.

내일의 쓸데없는 모든 두려움을
나는 멀리멀리 던져버렸습니다.
클로버 향기 휘날리는 풀밭 사이로
새로 벤 꼴풀 사이로
벗겨놓은 옥수수 껍질 사이로
나른한 양귀비 꾸벅꾸벅 졸고 있고
나쁜 생각 사라지고 좋은 생각 떠오르는
하느님과 함께하는 푸른 들녘으로.

15. 헌신과 봉사

오, 하느님이시여,
위로받기보다는 위로하게 하시고
이해받기보다는 이해하게 하시고
사랑받기보다는 사랑하게 하소서

나의 선물

크리스티나 로세티

주님, 당신께 무엇을 드릴 수 있을까요?
나는 가난합니다.
내가 목자라면
어린 양 한 마리를 선뜻 내드릴 텐데……
내가 박사라면
내 본분을 다할 텐데……
그러나 내가 주님께 무엇을 드릴 수 있을까요?
내 빈 마음을 드리렵니다.

내가 만일 애타는 한 가슴을

에밀리 디킨슨

내가 만일
애타는 한 가슴을 달랠 수 있다면
내 삶은 정녕 헛되지 않으리.
내가 만일
한 생명의 고통을 덜어주거나
한 괴로움을 달래거나
할딱거리는 로빈새 한 마리를 도와서
보금자리로 돌아가게 해줄 수 있다면
내 삶은 정녕 헛되지 않으리.

주님은 말씀하신다

클라이브 스테이플스 루이스Clive Staples Lewis

주님은 말씀하신다.

너의 모든 것을 나에게 다오.

나는 너의 시간의 상당량과

너의 재물의 상당량과

너의 일의 상당량을 원하지 않는다.

나는 너를 원한다.

나는 너의 옛사람을

괴롭히기 위해 온 것이 아니라

그것을 죽이기 위해 왔다.

완벽하지 않은 조치는

효과가 없다.

이곳저곳

가지를 치기를 원치 않는다.

나무 전체를 자르길 원한다.

모든 옛사람과 함께,

악한 욕망뿐만 아니라

선하게 보이는 모든 욕망도

나에게 넘기라.

내가
새로운 자아를 주겠다.
바로 내 자신을 주겠다.
나의 의지가 곧 너의 의지가 될 것이다.

저의 자아가 없어질 때까지

테일라르 드 샤르댕Teilhard de Chardin

주님
저를 품어주소서.

저를 붙드시고 제련하시며
깨끗하게 하시고 불을 붙이시며
높이 들어주소서.

저의 자아가 완전히 사라질 때까지.

평화의 기도

성 프란시스

오, 주여
나로 하여금 당신의 평화의 도구가 되게 하소서.
미움이 있는 곳에 사랑을
범죄가 있는 곳에 용서를
분쟁이 있는 곳에 화해를
잘못이 있는 곳에 진리를
의심이 있는 곳에 믿음을
절망이 있는 곳에 희망을
어둠이 있는 곳에 광명을
슬픔이 있는 곳에 기쁨을 심게 하소서.
오, 하느님이시여,
위로받기보다는 위로하게 하시고
이해받기보다는 이해하게 하시고
사랑받기보다는 사랑하게 하소서.
주는 가운데서 받고
용서하는 가운데서 용서받고
죽는 가운데서 영생을 얻기 때문입니다.

기도

성 이그나티우스 로욜라St. Ignatius Loyola

자비로우신 주님
우리를 가르치소서.

주님의 겸손한 종으로서
남에게 주되 그 값을 따지지 않고

의로운 싸움을 싸우되
상처 입는 것을 두려워하지 않으며

땀 흘려 일하되
꾀를 부리지 않고

노동하되 그 대가에 얽매이지 않도록
우리를 가르치소서.

다만 주님의 뜻만 알게 하소서.

쉬지 않는 기도

메리 캐럴린 데이비스Mary Carolyn Davies

사랑하는 사람들의 마음과
그들이 갖고 있는 간절한 소원과
짐을 알 수 있게 하시고
제 용기가 그들에게 전달되게 하소서

고독한 사람들의 고통을 덜어줄 수 있는
사람이 되게 해주시고
행복한 사람들은
저로 인해 더 행복하게 하소서

오늘 또 내일
만나는 모든 사람에게
기쁨과 희망을 주는 존재가 되게 하시며
제 인생이
한 편의 아름다운 노래가 되게 하소서

그리스도께서 그대를 통하여

웨스 테일러Wes Taylor

그리스도께서 그대의 마음속에서

그분의 생각을 펼치실 수 있도록,

그대의 두 손을 통하여

그분의 일을 행하실 수 있도록,

그대의 행동을 통하여

그분의 사역을 계속하실 수 있도록,

그대 가슴을 통해

치유와 해방을 가져오실 수 있도록,

그대의 돌봄이

그분의 사랑과 온유의 통로가 될 수 있도록,

그대 자신을 온전히

그분의 인도하심과 인격 아래

가져다 놓으십시오.

주님, 제 손이 필요하십니까?

테레사 수녀

주님, 제 손이 필요하십니까?
오늘 병자와 가난한 이를 돕기 위하여
제 손을 당신께 바치나이다.

주님, 제 발이 필요하십니까?
오늘 기쁨을 갈망하는 사람에게 가기 위하여
제 발을 당신께 바치나이다.

주님, 제 목소리가 필요하십니까?
오늘 사랑이신 당신 말씀을 원하는
모든 이에게 말하기 위하여
제 목소리를 당신께 바치나이다.

주님, 제 마음이 필요하십니까?
오늘 모든 이를 예외 없이 사랑하기 위하여
제 마음을 당신께 바치나이다.

오늘 그대는 무엇을 했는가?

워터맨waterman

앞으로 다가올 시간 속에서
그대가 많은 일을 할 수 있을지는 몰라도
미래는 아직 오지 않은 것,
오늘 그대는 무엇을 했는가?
그대가 내일 많은 황금으로
이웃을 도울 수 있을지는 몰라도
오늘 그대는 무엇을 도왔는가?
우리는 낙심한 영혼을 주께로 인도하여
눈물을 닦아줄 수 있는데,
우리는 절망하는 자들에게 희망을 심어주고
사랑과 용기의 말을 줄 수 있는데,
오늘 그대는 무엇을 했는가?

내일 그들에게 친절을 베풀 수 있을지는 몰라도
오늘 그대는 어떻게 했는가?
내일 외로운 이웃의 삶에 동참할 수 있을지 몰라도
오늘 그대는 무엇을 주었나?

우리는 진리를 더욱 빛나게 하고
굳건한 믿음을 자랑할 수 있으며
굶주린 영혼들을 생명의 양식으로 먹일 수 있는데,
오늘 그대는 무엇을 했는가?

그리스도께서는 이제 몸이 없습니다

아빌라의 성 테레사

그리스도께서는 이제 몸이 없습니다.
당신의 몸밖에는

그분께서는 손도 발도 없습니다.
당신의 손과 발밖에는

그분께서는 당신의 눈을 통하여
이 세상을 연민의 눈으로
바라보고 계십니다.

당신의 발로 세상을 다니시며
선을 행하고 계십니다.

당신의 손으로
온 세상을 축복하고 계십니다.

당신의 손이 그분의 손이며
당신의 발이 그분의 발이며

당신의 눈이 그분의 눈이며
당신이 그분의 몸입니다.

그리스도께서는 이제 몸이 없습니다.
당신의 몸밖에는

그분께서는 손도 발도 없습니다.
당신의 손과 발밖에는

그분께서는 당신의 눈을 통하여
이 세상을 연민의 눈으로
바라보고 계십니다.

그리스도께서는 이제 몸이 없습니다.
당신의 몸밖에는

나를 사용하여 주소서

드와이트 라이먼 무디Dwight Lyman Moody

주님, 당신이 원하시는 목적대로
그리고 당신이 원하시는 방법대로
저를 사용하여 주소서.

여기 빈 그릇과 같은 저의 가난한 마음이
당신 앞에 있으니 당신의 은혜로 채우소서.

여기 죄로 얼룩지고 고통 중에 있는 제 영혼이 있으니,
당신의 사랑으로 새롭게 하십시오.

제 마음을 취하셔서
당신이 거하시는 곳으로 사용하십시오.

제 입을 취하셔서
당신의 이름의 영광을 확산하는 데 사용하십시오.

저의 사랑과 제 모든 능력을 취하셔서
형제와 자매들을 강건케 하는 데 사용하십시오.

제 믿음의 확신이 결코 떨어지지 않게 하셔서,
"주님은 나를 필요로 합니다.
그리고 나도 주님을 필요로 합니다"라고
진정으로 말할 수 있게 하소서.

유언

오드리 헵번Audrey Hepburn

아름다운 입술을 갖고 싶으면
친절한 말을 하라.
사랑스러운 눈을 갖고 싶으면
사람들에게서 좋은 점을 보라.
날씬한 몸매를 갖고 싶으면
너의 음식을 배고픈 사람과 나눠라.
아름다운 머릿결을 갖고 싶으면
하루에 한 번 어린이가 손가락으로 너의 머리를 쓰다듬게
하라.
아름다운 자태를 갖고 싶으면
너 자신이 결코 혼자 걷고 있지 않음을 명심해서 걸어라.

사람들은 상처로부터 회복되어야 하고
낡은 것으로부터 새로워져야 하고
병으로부터 회복되어야 하고
무지함으로부터 교화되어야 하며
고통으로부터 구원받고 또 구원받아야 한다.
결코 누구도 버려져서는 안 된다.

기억하라!

만약 네가 누군가를 도울 손이 필요하다면,

너의 팔 끝에 있는 손을 쓰면 된다는 사실을.

그리고 더 나이가 들면

네 손이 두 개라는 사실을 새삼 느끼게 될 것이다.

한 손은 너 자신을 돕고,

다른 한 손은 다른 사람을 돕는 손이다.

아버지! 이 몸을 당신께 바치오니

샤를 드 푸코

아버지!
이 몸을 당신께 바치오니, 좋으실 대로 하십시오.

저를 어떻게 하시든 감사드릴 뿐,
저는 무엇이나 준비되어 있고
무엇이나 받아들이겠습니다.

아버지의 뜻이 저와 모든 피조물에 이루어진다면,
이밖에 다른 것은 아무것도 바라지 않습니다.

제 영혼을 당신 손에 도로 드립니다.

당신을 사랑하기에 이 마음의 사랑을 다해
하느님께 영혼을 바치옵니다.

당신은 저의 아버지이기에 끝없이 믿으며
남김없이 이 몸을 드리고 당신 손에 맡기는 것이
어쩔 수 없는 저의 사랑입니다.

16. 연대와 투쟁

걸어요
가슴속에 꿈을 안고
당신 혼자는 아니리니
결코 당신 혼자는 아니리니

당신 혼자는 아니리

작자 미상

폭풍우 속을 걸어갈 때
고개를 들어요
그리고 어둠을 겁내지 말아요

폭풍우를 지나면 찬란한 하늘
그리고 싱그러운 종달새 노랫소리 들리리니

바람 속을 걸어요
빗속을 걸어요
비록 당신의 꿈이 깨어지더라도

걸어요
가슴속에 꿈을 안고
당신 혼자는 아니리니
결코 당신 혼자는 아니리니.

누구를 위하여 종은 울리나

존 던John Donne

누구든 그 자체로 온전한 섬은 아니다.

모든 인간은 대륙의 한 조각이며 대양의 일부다.

만일 흙덩이가 바닷물에 씻겨 가면 우리 땅은 그만큼 작아지며,

모래톱이 그리되어도 마찬가지다.

그대의 친구들이나 그대 자신의 영지(領地)가 그리되어도 마찬가지다.

어떤 사람의 죽음도 나를 손상시킨다.

왜냐하면 나는 인류에 포함되어 있기 때문이다.

그러므로 누구를 위하여 조종(弔鐘)이 울리는지 알려고 사람을 보내지 말라.

종은 그대를 위하여 울리는 것이다.

사랑의 철학

퍼시 비시 셸리Percy Bysshe Shelley

샘물이 모여서 강물이 되고
강물이 합쳐서 바다가 된다.
하늘에 부는 바람 영원히
한데 어울려 다정스럽다.
세상에 외톨이는 없는 법이라
만물은 하늘의 법칙에 따라
한마음 한뜻으로 어울리는데
어찌하여 너와 나는 헤어져 있느냐

보라! 산은 높은 하늘과 입 맞추고
물결은 물결끼리 서로 껴안는다.
동생 꽃을 업신여기는
누이 꽃은 용서받지 못하리라.
햇빛은 대지를 포옹하고 있고
달빛은 바다에 입 맞춘다.
이 모든 입맞춤이 무슨 소용이랴
그대 내게 입 맞추지 않는다면.

함께 가세

나의 사랑하는 자여, 나와 함께 길을 가세!
해 뜨는 날이나
비바람 휘몰아치는 날이라도 함께 가세.
홀로보다야 두 사람이 더욱 빨리 가리니
우리 함께 걸어보세.
나의 사랑하는 자여, 나와 함께 길을 가세.
검은 먹구름 몰려 있는 곳에서도
그대와 함께 짐을 나누리니
우리 함께 지고 가세, 나의 사랑스러운 자여.

황금빛 사랑의 끈으로
우리 모두 하나가 되어
제아무리 가파른 오르막을 오를지라도
함께, 함께 가세.

엄숙한 시간

라이너 마리아 릴케

지금, 이 세상 어디선가 울고 있는 사람,
까닭도 없이 이 세상에서 울고 있는 사람은
나를 위해 울고 있습니다.

지금, 밤의 어디선가 웃고 있는 사람,
까닭도 없이 밤에 웃고 있는 사람은
나를 향해 웃고 있습니다.

지금, 이 세상 어딘가를 걷고 있는 사람,
까닭도 없이 이 세상을 걷고 있는 사람은
나를 향해 걷고 있습니다.

지금, 이 세상 어디선가 죽어가고 있는 사람,
까닭도 없이 이 세상에서 죽어가는 사람은
나를 뚫어져라 쳐다보고 있습니다.

삶의 밭

요한 볼프강 폰 괴테

눈물로 씨 뿌리지 않고
밭이랑에 물을 주지 않고서야,
풍성한 알곡들을 거두리라고
우리는 기대할 수 없으리.

우리의 이렇듯 신비한 세계를
아무런 대가도 없이 얻을 수는 없으리니,
가시밭이든 혹은 꽃밭이든
삶의 밭은
우리가 뿌리는 대로 거둘 것이라.

생쥐의 기도

A. 토이고

주님!

주위를 둘러보면
좋지 못한 일들이 많습니다.
이곳저곳에서
많은 이이
피곤에 젖어 한숨을 쉬고 있습니다.
저는 어두운 굴 안에서 언제까지
이렇게 숨어서 지내야 하나요?
아닙니다. 저는 이 어려운
세상과 싸워나가는 게
현명하다고 생각합니다.

주님,
저희에게 작은 희망이라도
주십시오.

작은 것들

줄리아 카니Julia Carney

작은 물방울
작은 모래알,
그것이 큰 바다가 되고
그리도 아름다운 옥토가 된다.

작은 때의 한순간 한순간
그것이 비록 보잘것없다 해도,
그것은 영원이라고 하는
큰 시대가 된다.

작은 친절,
작은 사랑의 말,
그것이 지구를 에덴으로 만든다.
마치 하늘나라처럼.

젊은이의 손에 의해 뿌려진
작은 것들이 자라
머나먼 이국에서
사람들에게 은혜를 베푼다.

용기를 위한 기도

헨리 나우웬Henri Nouwen

하느님,
당신의 아드님 예수 그리스도께서 그리하셨듯이
저에게 혁명가가 될 수 있는 용기를 주소서.
이 세상으로부터 제 자신을
자유케 할 수 있는 용기를 주소서.
세상 한복판에 우뚝 자유롭게 서서
그 어떤 비난에도 몸을 움츠리지 않는 법을
가르쳐주소서.
하느님,
그것은 당신 나라를 위한 것입니다.
저를 자유케 하소서.
저를 이 세상에서 가난하게 하소서.
그러면 저는 진짜 세상에서 부유하게 될 것이며,
이것이 모든 참된 삶의 모습일 것입니다.
하느님,
미래에 대한 환상을 주심을 감사드립니다.
그러나 그 환상이 그저 이론이 아니라
사실이 되게 하소서.

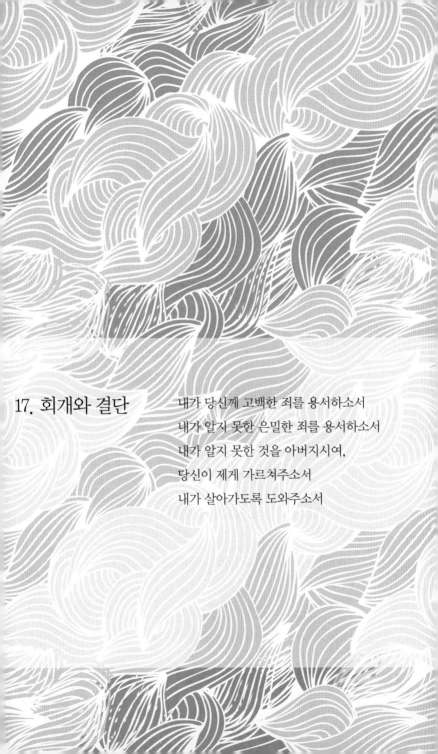

17. 회개와 결단

내가 당신께 고백한 죄를 용서하소서
내가 알지 못한 은밀한 죄를 용서하소서
내가 알지 못한 것을 아버지시여,
당신이 제게 가르쳐주소서
내가 살아가도록 도와주소서

우리는 너무 세속에 묻혀 있다

윌리엄 워즈워스

우리는 너무 세속에 묻혀 있다
꼭두새벽부터 밤늦도록 벌고 쓰는 일에 우리 힘을
헛되이 소모한다
우리에게 주어진 자연도 보지 못하고,
우리의 마음마저 저버렸으니
이 비열한 흥정이여!

달빛에 젖가슴을 드러낸 바다
늘 울부짖다
시들은 꽃포기처럼 잠잠해지는 바람
이 모든 것과 우리는 조화를 이루지 못한다

아무것도 우리를 감동시키지 못한다
하느님이여!
차라리 사라진 옛 믿음으로 자라는
이교도나 되어
이 아름다운 풀밭에 서서
나를 슬프게 하지 않을 풍경을 바라보고

바다에서 솟아나는 프로테우스를 보고,
트라이튼의 뿔나팔 소리를 들을 수 있도록

지혜

마일드레드 제퍼리

오로지 나만의 향락을 위해
나는 젊음을 낭비하였습니다.
내가 씨 뿌린 곳에서
언젠가는 쭉정이를 거두리란 것을 망각한 채로.

일생 중 영혼이 가장 맑고 예리한 시절에
내가 할 수 있는 일은 뭐든지 하고
내가 즐길 수 있는 일은 무엇이나 하면서
나는 매순간을 탕진하였습니다.

이제 젊음은 사라지고 나 홀로 남아
향락의 비애만을 거두어들이고 있습니다.
내가 스스로 증명해 보이려 했던 것은
공허한 물거품에 지나지 않았습니다.

그러나 이제 나의 삶을 하느님께 드리니
아침 같은 새 생명을 주십니다.
주님의 즐거움이 나의 즐거움인 것을,

주님의 은총이 나의 찬란한 산성인 것을
나 이제야 깨달았습니다.

소중한 선물들

페드레이그 오메일리

하느님은 우리에게
들어 올려 기도하고 찬양할 수 있는 두 손,
노래할 수 있는 혀와 입맞춤을 할 수 있는 입술,
그리고 춤출 수 있는 두 발을 주셨습니다.
하느님은 이 모든 것을 우리에게 주셨고,
이 모든 것이 좋은 것이라고 말씀하셨습니다.

그런데도 나는 평생을 살면서
이 소중한 선물들을 써먹지 않았습니다.
나는 두 손을 갖고서도
하느님을 찬양하는 데 실패했습니다.
두 발을 갖고서도
결코 춤추지 않았습니다.
달콤한 입술을 갖고서도
이 세상의 아름다움에 입맞춤하지 않았습니다.
부드러운 혀를 갖고서도
오늘날까지 노래하지 않았습니다.

반성의 기도

윌리엄 쿠퍼William Cowper

내가 주님을 처음 만났던 날
받은 축복은 지금 어디에?
내 심령을 새롭게 하는
예수님과 그 말씀은 지금 어디에?
그 즐겁고 평화롭던 시간이여
그 달콤했던 기억이여,
그것들이 다 떠나고 남은 공허를
세상은 결코 채우지 못하리.

돌아오라, 성령의 비둘기여,
돌아오라, 달콤한 평화의 천사여,
주님을 슬프게 하고
내 가슴에서 떠나게 하는
죄를 미워하노라.

죄를 고백하는 기도

토머스 존 카리슬

하느님께 무례한 짓을 일삼는

내 지위의 교만함,

일사천리로 내뱉는

나의 심판의 말들의 신랄함,

획일적으로 매혹적인 깃털들을 가진

나의 교만의 공작새,

하느님의 파수꾼의 임무를 감당할 자격이 있다는

나의 생각의 안일함,

유리그릇 같이 깨어지기 쉬운 나의 충실성,

당신의 명령을 준수할 때의 나의 쓰라린 비통함,

하느님을 대적하려는 반항적인 갈망들,

온갖 핑계들로 가득 찬 나의 개인적인 무기고,

언제 터질지 모를 나의 폭발성 혀,

나의 공격적인 앙갚음,

마치 하느님이 휴가 중인 양

당신을 앞지르는 나의 전략들,

인간의 고통들을 외면하는 나의 꾀병 부리는 초연함,

불의와 맺는 나의 평화조약,

화해에 대한 나의 적개심……
이 모든 것이 고스란히 증인이 되어
나는 군법회의에 회부되는 걸 피할 길이 없습니다.
그러나 하느님의 비할 데 없는 은총으로
나는 집행유예에 처해집니다.

우리를 용서하여 주소서

존 베일리

거룩하신 하느님.
영혼과 생명을 바쳐 당신을 섬기기로
우리는 오래 전에 맹세하였습니다.
그러나 우리가 아직도 죄짓기가 그리도 쉬우며
당신께 순종하려는 마음이 그리도 적은 것을
이 시간 당신 앞에서 슬퍼하고 한탄합니다.

우리는 게으름을 너무도 사랑합니다.
우리는 일할 마음이 너무도 적습니다.
우리는 노는 일에 너무도 민첩합니다.
우리는 기도하는 일에 너무도 게으릅니다.
우리는 자신을 섬기는 일에 너무도 적극적입니다.
우리는 남들을 섬기는 일에 너무도 굼뜹니다.
우리는 받는 것을 너무도 열망합니다.
우리는 주는 일에 너무도 마음이 인색합니다.
우리의 고백은 너무도 고상합니다.
우리의 실천은 너무도 초라합니다.
우리는 역경 중에 너무도 연약합니다.

우리는 번영 중에 너무도 마음이 들뜹니다.

자비하신 하느님.
우리를 용서하여 주소서.
당신의 뜻에 순종함으로 당신과 하나 되게 하소서.

주님, 용서하소서

마우드 베터스비

만일 제가 오늘 어떤 영혼을 상처 입혔다면,
만일 제가 어떤 사람을 길 잃게 만들었다면,
만일 제가 내 자신의 뜻대로 갔다면 −
좋으신 주님 용서하소서.

만일 제가 어리석은 말이나 허황한 말을 했다면,
만일 제가 빈곤이나 고통을 피하기 위하여 돌아섰다면,
제 자신이 긴장함으로 괴로워하지 않으려 했다면 −
좋으신 주님 용서하소서.

만일 제가 나의 것이 아닌 즐거움을 갈망했다면,
만일 제가 나의 멋대로 감정을 불평했다면,
하느님의 일이 아닌 땅의 일을 생각했다면 −
좋으신 주님 용서하소서.

만일 제가 고집불통이었거나, 인색했거나, 냉정했다면,
만일 하느님의 품안에서 피난처를 갈망했다면,
좋으신 주님 용서하소서.

제가 당신께 고백한 죄를 용서하소서.

제가 알지 못한 은밀한 죄를 용서하소서.

제가 알지 못한 것을 아버지시여, 당신이 제게 가르쳐주소서.

제가 살아가도록 도와주소서.

시작해야 하는 것은 나 자신이다

바츨라프 하벨Vaclav Havel

일단 내가 시작해야 하리, 해보아야 하리.

여기서 지금,

바로 내가 있는 곳에서,

다른 어디서라면

일이 더 쉬웠을 거라고

자신에게 핑계 대지 않으면서,

장황한 연설이나

과장된 몸짓 없이,

다만 더욱더 지속적으로

나 자신의 내면에서 알고 있는

존재의 목소리와

조화를 이루어 살고자 한다면.

시작하자마자

나는 홀연히 알게 되리.

놀랍게도

내가 유일한 사람도

첫 사람도

혹은 가장 중요한 사람도 아니라는 것을.

그 길을 떠난 사람 가운데에서
모두가 정말로 길을 잃을지 아닐지는
전적으로
내가 길을 잃을지 아닐지에 달렸다는 것을.

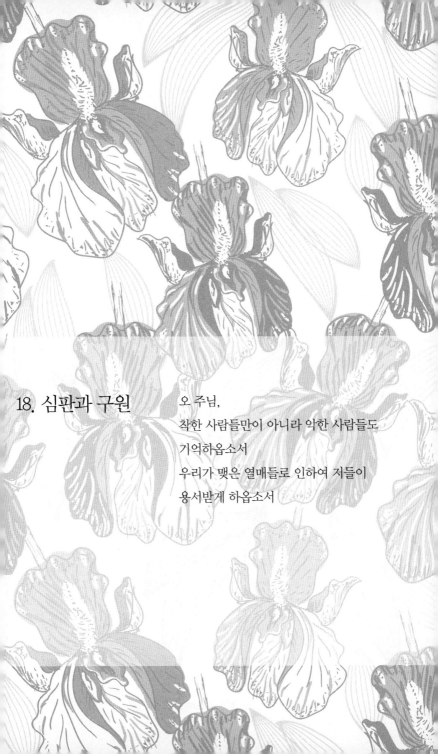

18. 심판과 구원

오 주님,
착한 사람들만이 아니라 악한 사람들도
기억하옵소서
우리가 맺은 열매들로 인하여 저들이
용서받게 하옵소서

주여, 날 심판하소서

사라 클레혼Sarah Cleghorne

만일 그때 내가 팔레스타인에 살았다면
나는 마음 약하고 못난 제자였으리.
재산도 목숨도 모두 버리고
주님을 따를 용기를 지니지는 못했으리.
그러나 수많은 무리와 함께 벅찬 가슴으로
나도 또한 서서 그 말씀에 깊이 귀 기울였으리.
팔복(八福)의 가르침을 들었을 때
마음의 고동을 느꼈으리.
기쁜 마음으로 찬미하는 사람들과 더불어
나도 또한 노래 부르며 종려가지 깔았으리.
대제사장이 주님을 모독할 때는
부끄럽게도 남몰래 줄행랑을 쳤으리.
마리아가 울고 있는 십자가로부터
무척이나 떨어진 거리에 나는 서 있었으리.
그 임종의 때에도 나는 입을 다문 채
운명하는 주를 위해 말 한마디 못하고
다만 겁에 질린 가슴을 두드리며
내 자신의 비겁함을 비웃으면서

로마 병정에게 달려들어 저항하지 못한
나를 가련하게 생각하고 있었으리.

어부의 기도

작자 미상

주님,
저로 하여금 죽는 날까지
물고기를 잡을 수 있게 하시고,
마지막 날이 찾아와
당신이 던진 그물에 내가 걸렸을 때
바라옵건대 쓸모없는 물고기라 여겨
내던져짐을 당하지 않게 하소서.

262

악한 사람을 위한 기도

작자 미상

오 주님,
착한 사람들만이 아니라 악한 사람들도
기억하옵소서.
그러나 저들이 우리에게 가한 고통은
기억하지 마옵소서.
또 이 고통을 통해 우리가 거둔 열매들을
기억하옵소서.
곧, 이 모든 일들을 통하여 자라난
우리의 동지애, 충성심, 겸손, 용기, 관용,
그리고 넉넉한 마음이옵니다.
저들이 심판대에 서게 될 때,
우리가 맺은 열매들로 인하여 저들이
용서받게 하옵소서.

*독일 라펜스브뤼크 수용소, 아기 시체 옆에 적힌 기도

죽음을 두려워하지 마십시오

작자 미상

죽음을 두려워하지 마십시오.
오늘부터 계속해서 하느님께서 원하실 때,
하느님께서 원하시는 방법으로,
하느님께서 원하시는 곳에서,
그것을 기꺼이 받아들이십시오.

내 말을 의심하지 마십시오.
그대의 아버지 하느님께서 보내시는
죽음은 가장 좋은 때에,
가장 좋은 곳에서
가장 좋은 방법으로 올 것입니다.

우리의 누이, 죽음이여,
환영하노라!

누구든 떠날 때는

잉게보르크 바흐만Ingeborg Bachmann

누구든 떠날 때는
한여름에 모아둔 조개껍질이 가득 담긴 모자를 바다에 던지고
머리카락 날리며 떠나야 한다
사랑을 위하여 차린 식탁을 바다에다 뒤엎고
잔에 남은 포도주를 바닷속에 따르고
빵을 고기 떼에게 주어야 한다
피 한 방울 뿌려서 바닷물에 섞고
나이프를 고이 물결에 띄우고
신발을 물속에 가라앉혀야 한다
심장과 달과 십자가와, 그리고
머리카락 날리며 떠나야 한다
그러나 언젠가 다시 돌아올 것을
언제 오는가?
묻지는 마라.

한 사람의 인생은

작자 미상

그가 어떻게 죽었는가보다는
그가 어떻게 살았는가로,
그가 무엇을 얻었는가보다는
그가 무엇을 주었는가로
한 사람의 인생은 평가되나니.
인간으로서의 가치를 재는 것은
바로 이런 것,
그의 출생이 문제되는 게 아니다.

그의 신분이 어떠했는가가 아니라
그가 사랑의 마음을 품고 있었는가로,
그리고 하느님이 맡기신 사명을
얼마나 충실히 완수했는가로
한 사람의 인생은 평가되나니.
포근한 위로의 말로
늘 남의 눈물을 닦아주고
웃음꽃을 선사하는 것,
이런 것이 인간의 아름다움이다.

그가 무슨 교회에 다녔는가보다는
그가 진심으로 주님을 사랑하였는가로,
그가 어떤 교리를 가졌는가보다는
그가 진정 이웃의 진실한 벗이 되어주었는가로
한 사람의 인생은 평가되나니.

그가 세상을 떠날 때
신문에 쓰이는 평가보다는
얼마나 많은 사람이 그를 애도하는지,
인생의 평가는 이런 것이니라.

구원자

헤르만 헤세

항상 그는 다시 인간으로 태어나
열린 귀를 향해, 닫힌 귀를 향해 말을 한다.
그는 우리의 형제이나, 늘 새롭게 잊히는 존재

항상 그는 외로이 홀로 서서,
모든 형제의 고난과 갈망을 짊어진다
그는 늘 새로이 십자가에 못 박힌다

신은 늘 자신을 알리고
성스러운 것이 죄의 골짜기 속으로,
영원한 정신이 육체 속으로 흘러들어 가길 원한다.

항상 이와 같은 날에도
구원자는 우리를 축복하고
우리의 불안과 눈물, 수많은 의심과 불평을
고요한 시선으로 만나주신다.
우리가 감히 그에게 응수할 수 없는 것은
아이들의 눈만이 그를 바라볼 수 있기 때문이다.

한 번에 한 사람씩

테레사 수녀

나는 결코 대중을 구원하려 하지 않습니다.
다만 한 개인을 바라볼 뿐입니다.
나는 한 번에 단지 한 사람만 사랑할 수 있습니다.
한 번에 단지 한 사람만 껴안을 수 있을 뿐입니다.
단지 한 사람 한 사람 한 사람씩만.
따라서 당신도 시작할 수 있고 나도 시작하는 것입니다.
나는 한 사람을 붙잡습니다.
만일 내가 그 사람을 붙잡지 않았다면
수만 명의 사람을 붙잡을 수 없었을 것입니다.
모든 노력은 단지 바다에 떨어뜨리는 한 방울의 물과 같습
니다.
만일 내가 한 방울의 물을 떨어뜨리지 않았다면
바다는 그 한 방울만큼 줄어들 것입니다.
당신에게도 마찬가지입니다.
단지 시작하는 것입니다.
한 번에 한 사람씩.

그분이 오고 계신다

크리스탈 시길 리스트룬드

서둘러라!

그분이 오고 계신다!

음식을 준비하고 포도주를 빚어라.

그분이 오고 계신다!

세상의 굶주린 이들을 먹이고

마음 상한 이들에게 따스한 사랑을 베풀어라.

그분이 오고 계신다!

집 없는 이들에게 쉴 곳을 주고

옥에 갇힌 죄수들을 방문하라.

그분이 오고 계신다!

성경을 읽고,

또 너희 자녀들에게

그들이 마땅히 가야 할 길을 가르쳐라.

서둘러 준비하라!

예수께서 오고 계신다!

천국으로 가는 시

쇠렌 키르케고르

삶의 끝에 서면
너희 또한 자신이 했던 어떤 일도
중요하지 않다는 것을 알게 된다.
중요한 것은 그 일을 하는 동안
자신이 어떤 사람이었는가 하는 것뿐이다.

너희는 행복했는가?
다정했는가?
자상했는가?

남들을 보살피고 동정하고 이해했는가?
너그럽고 잘 베풀었는가?
그리고 무엇보다도 사랑했는가?

너희 영혼에게 중요한 것은
자신이 무엇을 했는가가 아니라
자신이 어떤 사람이었는가를 알게 되고,
마침내 자신의 영혼이 바로 '자신'임을 알게 될 것이다.

유언

랜 앤더슨Lan Anderson

어느 날, 주치의의 뇌사 판정이 내려졌을 때
내 생명을 좀 더 연장하기 위해
어떤 의술이나 기계를 수단으로 사용하지 마시오.

그때 나의 침상을 "사망의 침대"라고 부르지 말고
"생명의 침대"라고 부르시오.

그리고 내 몸을 다른 사람의 생명에
도움을 주도록 사용해주시오.

내 눈은 이 세상에 태어나 한 번도 햇빛을 보지 못한 사람에
게 주어
세상의 아름다운 자연과 사람들의 사랑스러운 눈동자를 바
라보게 하고,

내 심장은 날마다 가슴을 움켜쥐고 신음하는 사람에게 주어
고통 없이 살게 하시오.

내 피는 교통사고로 생명의 위협을 받고 있는 젊은이에게 수혈하여

장차 그의 손자손녀들이 뛰노는 모습을 보고 기뻐하게 하시오.

내 콩팥은 자기 몸 안의 독소를 혈액정화기에 의해
투석하며 살아가는 사람에게 전해주고,

내 허파는 숨 못 쉬는 사람에게
산소호흡기 대신 넣어주시오.

내 뼈, 신경, 근육까지도 다리를 절고 다니는 장애자에게 주어
똑바로 걷게 하시오.

그동안의 실수와 고집과 편견들을 파묻어 주시고
나를 기억하고 싶다면 친절한 미소와 신실한 믿음을 잊지 마시오.

내 모든 죄는 사탄에게 내어주고
내 영혼은 하느님께 돌려드립니다.

이런 나의 유언대로만 해주신다면 나는 천국에서 영원히 살 것입니다.

누구든지 유언장을 발견하는 즉시 주치의에게 전해주시오.
나를 사랑해준 여러분 참으로 감사합니다.

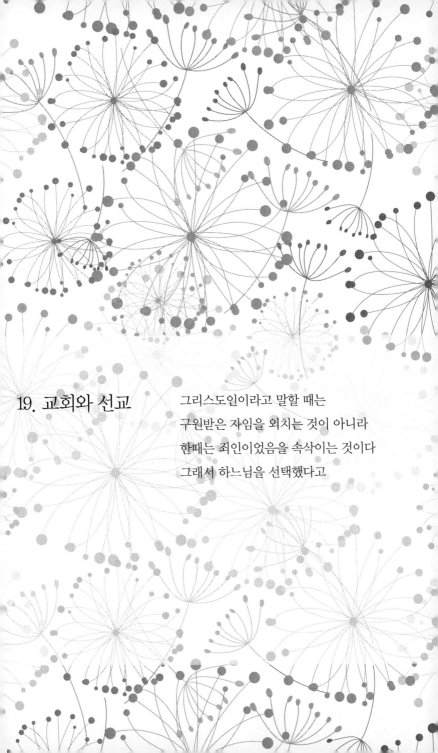

19. 교회와 선교

그리스도인이라고 말할 때는
구원받은 자임을 외치는 것이 아니라
한때는 죄인이었음을 속삭이는 것이다
그래서 하느님을 선택했다고

그리스도인이라고 말할 때는

캐롤 위머Carol Wimmer

그리스도인이라고 말할 때는
구원받은 자임을 외치는 것이 아니라
한때는 죄인이었음을 속삭이는 것이다.
그래서 하느님을 선택했다고.

교만한 마음으로 자랑하는 것이 아니라
여전히 실수하는 자임을 인정하는 것이다.
그래서 하느님의 도우심이 필요하다고.

강한 자임을 드러내는 것이 아니라
약한 자임을 고백하는 것이다.
그래서 하느님이 힘을 주시기를 기도한다고

성공했음을 자랑하는 것이 아니라
실패했음을 시인하는 것이다.
내가 진 빚을 다 갚을 수 없다고.

모든 것을 안다는 것이 아니라

몰라서 혼란스러움을 시인하는 것이다.
그래서 겸손히 하느님의 가르치심을 구한다고.

온전하다고 주장하는 것이 아니라
부족함이 많음을 인정하는 것이다.
그래서 오직 하느님의 인도하심만을 믿는다고.

삶의 고통이 사라졌다는 것이 아니라
여전히 내 몫의 고통을 지겠다는 것이다.
그래서 하느님의 이름을 찾는다고.

그리스도인이라고 말할 때는
다른 사람을 판단하겠다는 것이 아니라
판단의 권위가 내게 없음을 말하는 것이다.
오직 하느님의 사랑을 받고 있을 뿐이라고.

기독교인은 누구인가?

디트리히 본회퍼

예수는 사람들을
새로운 종교가 아니라
새로운 삶 속으로 부르셨다.

기독교인은
종교적인 인간이 아니라
순수하고 단순한 인간이다.

참된 기독교인

크리스탈 시길 리스투른드

우리는 경기장 안에 있을 수 있습니다.
그러나 그것이 반드시
우리가 운동선수라는 걸 의미하지는 않습니다.
우리는 목공에 관한 글을 책에서 읽을 수 있습니다.
그러나 그것만으로
우리가 목수가 되는 것은 아닙니다.
우리는 서로를 형제요 자매라고 부를 수 있습니다.
그러나 그것이
우리가 서로에게 의(義)를 행한다는 의미는 아닙니다.
우리는 교회에 갈 수 있습니다.
그러나 교회에 간다고
우리가 저절로 참 기독교인이 되는 것은 아닙니다.
하느님의 말씀을 사랑의 행위로 표현하도록
우리는 부름을 받았습니다.
우리가 서로의 존엄과 긍지를 지켜주며 협력할 때
이 세상은 우리를 알 것입니다.
세상은 우리의 사랑의 태도로
우리가 기독교인이라는 것을 알게 될 것입니다.

믿는 것만으로는 부족합니다

A. 디니

믿는 것만으로는 부족하니 행동으로 실천해야 하고
당신의 말씀을 읽는 것만으로는 부족하니 그것을 살아야 하고
악을 행하지 않는 것만으로는 부족하니 선을 행해야 합니다.
창가에서 세상을 바라보고만 있지 말고
거리로 달려 나가야 하고
거리에 서 있지만 말고 행인들의 마음속에 들어가야 하고
그들 마음속에 들어가서는
그들을 차지하기 위해서가 아니라 구원하기 위해
그들과 함께 있어야 합니다.

제 자리가 따로 있는 줄 알았더니
어떤 분이 저보다 먼저 거기를 차지하고 계셨습니다.
그분은 '먼저 계시는 분'이기 때문입니다.
주님, 당신은 인간 고뇌의 주름살 속에 계시니
저도 거기에 있어야 하겠고
이제는 영원한 행복 속에 계시니
저도 그 행복을 얻으려고 노력하렵니다.
당신은 매일같이 노동자의 고통 속에 계시니

저도 그 고통을 살아야 하겠고
빵을 떼어 주시려고 식탁에 앉으셨으니
저도 거기에 앉아야 하겠습니다.
당신은 우리 학교 교실에도 와 계시니
제가 읽는 책 한 장 한 장에서 당신을 발견하렵니다.

당신은 저로 하여금 당신처럼
모든 일에 초월할 줄 알면서
동시에 현존하도록 가르치시려고
무슨 일에나 먼저 와 계십니다.
주님, 당신은 제가 이 세상 생활에 파고들어
현존하기를 원하시니
마치 소금과 누룩처럼
마치 빛과 열기처럼
저를 위해선 빈손으로
그러나 당신으로 충만해 있는 마음으로 현존하기를
그래서 세상이 경탄할 만한
하나의 새로운 여명이 되기를 원하십니다.

교회의 신앙 고백

스테펜 젠틀

이 땅 위 하느님의 전체 가족의 일원으로서
우리는 이 자리에 나왔습니다.
하느님의 교회로서 예수 그리스도의 이름으로
우리는 함께 모였습니다.
예배를 위하여
성도의 교제를 위하여
섬김을 위하여
선교와 증언과 상호 훈련을 위하여
우리는 모였습니다.
인간 가족 내부의 모든 장벽을 깨치고
우리는 모였습니다.
우리는 목회와 화해의 은총을 받았습니다.
교회 안에서의 모든 지배권이
예수 그리스도에게 속해 있습니다.
예수 그리스도는 교회의 주(主)와 머리이십니다.
모든 육체가 그분께 의존합니다.

교회 일꾼의 기도

작자 미상

살아계신 하느님의 아드님이신

주 예수 그리스도시여.

당신의 길을 더욱 성실히 걷는 법을

가르쳐주소서.

당신의 진리를 더욱 충실히 받아들이는 법을

가르쳐주소서.

당신의 생명을 더욱 사랑에 넘쳐 나누는 법을

가르쳐주소서.

성령의 권능에 따라 사는 법을

가르쳐주소서.

당신께서 영원히 사시는 아버지의 나라에

우리가 한 가족으로 들어갈 수 있도록

우리가 교회를 위하여 일할 때

우리를 인도하여 주소서.

교회의 변질

리처드 하버슨Richard Habourshon

맨 처음,
교회는 살아계신 그리스도 안에서
친밀하고 생명력이 넘치는 관계를 가졌다.
이 관계는 그들과 그들 주변의 세계를 변화시켰다.

그다음,
교회는 그리스로 건너가 하나의 철학이 되었다.

나중에,
교회는 로마로 넘어가 하나의 제도가 되었다.

그 다음,
교회는 유럽으로 퍼져 하나의 문화가 되었다.

마지막으로,
교회는 미국으로 건너가 하나의 기업이 되었다.

오늘 우리는

284

너무나 많은 교회를,
그러나 너무나 적은 친교를 가지고 있다.

로메로 주교님의 기도

오스카 로메로Oscar Romero

가끔 뒤로 물러서서 멀리 내다볼 필요가 있습니다.
하느님 나라는 우리 노력으로 세워지지 않는 나라일 뿐 아
니라
우리 눈길로 가서 닿을 수도 없는 나라입니다.
우리는 다만, 하느님이 하시는 거대한 사업의
지극히 작은 부분을 평생토록 감당할 따름이지요.
우리가 하는 일 어느 것 하나 완전하지 못합니다.
하느님 나라는 우리 손길이 미칠 수 없는 저 너머에 있습니다.
어느 선언문도 말해야 할 내용을 모두 밝히지 못하고
어느 기도문도 우리의 모든 소원을 담지 못합니다.
어느 고백문도 옹근 전체를 싣지 못하고
어느 방문도 돌봐야 할 사람을 모두 돌보지 못합니다.
어느 계획도 교회의 선교를 완수 못하고
어느 목표도 모든 것에 닿지 못합니다.

이것이 우리가 하는 일이에요.
어느 날 싹틀 씨를 우리는 심습니다.
그것들이 가져다줄 미래의 약속을 생각하며,

우리는 뿌려진 씨들 위에 물을 주지요.
그 위에 벽돌들이 쌓여지고 기둥들이 세워질
내일의 건물에 기초를 놓고,
우리 힘으로는 해낼 수 없는 효과를 내다보며
반죽에 누룩을 섞습니다.
우리는 만능이 아닙니다. 다만,
우리에게 주어진 일을 할 수 있는 만큼 할 때
거기에서 해방감을 느낄 따름이에요.
그것이 우리로 하여금
기꺼이 지금 하고 있는 일을 하게 합니다.
턱없이 모자라지만, 이것이 시작이요
하느님 은총을 세상에 임하도록 하는 걸음입니다.

아마도 우리는 끝내 결과를 보지 못할 거예요.
하지만 그것이 건축가와 목수의 차이입니다.
우리는 건축가가 아니라 목수입니다.
메시아가 아니라 사제요.
우리는 우리 것이 아닌 미래를 내다보는 예언자입니다.

파송을 위한 기도

작자 미상

오 하느님,
우리를 파송하소서.
우리 자신의 자멸(自滅)의 무기들로서가 아니라
당신의 평화의 도구들로서 우리를 파송하소서.
널찍한 사악함의 길이 아니라
좁은 의로움의 오솔길로 우리를 인도하소서.
상처 입은 이들을 치유하는
당신 사랑의 그 부드러운 감촉을
우리에게 허락하소서.

신에 대한 생각

칼릴 지브란

모든 이에게 있어
신에 대한 생각은
서로 같지 아니합니다.
아무도 타인에게
자신의 종교를 강요할 수 없습니다.

20. 자연과 생태

나도 어느 때
누군가를 위한 곤충이었겠지
당신도 어느 때
나를 위한 바람이었겠지

나를 보세요!

작자 미상(요쿠트 족 인디언)

나를 보세요!

나를 보세요, 바람!

나를 보세요, 해님!

나를 보세요, 산들!

나를 보세요, 바위들!

나를 보세요, 나무들!

나를 보세요, 시냇물!

나를 보세요, 새들!

모두 나를 도와주세요!

내 말은 위대한 산들과 하나로 연결되어 있어요

내 말은 위대한 바위들과 하나로 연결되어 있어요

내 말은 위대한 나무들과 하나로 연결되어 있어요

내 몸과 마음은 하나로 연결되어 있어요

모두 나를 도와주세요

신성한 힘으로 나를 도와주세요.

여러분은 휘황찬란한 낮

그리고 어두운 밤!

모두 나를 보세요
이 세계와 하나가 된 나를 보세요.

기억하라

조이 하르호Joy Harjo

네가 태어난 하늘을 기억하라.
밤하늘의 별들, 그 각각의 이야기를 알라.
달을 기억하라.
그녀가 누구인지 알라.

새벽의 먼동을 기억하라.
그때가 하루 중 가장 신성한 시간임을 알라.
해가 서녘으로 지는 순간을 기억하라.
해가 밤에게 자리를 내어주는 그 순간을 기억하라.

대지를 기억하라.
그 피부가 바로 너임을 기억하라.
붉은 흙, 검은 흙, 노란 흙, 흰 흙, 갈색의 흙
우리는 대지이며 흙이다.

식물들, 나무들, 그리고 동물들을 기억하라.
그들 또한 그들의 가족과 부족과 역사를 가지고 있다.
그들에게 말을 걸어라.

그들은 살아 있는 시(詩)다.

바람을 기억하라.
그녀의 목소리를 기억하라.
그녀는 이 우주의 기원을 알고 있다.
우주의 네 방향과 중심에서 부르는 춤의 노래를

너는 모든 사람이며
모든 사람이 너라는 것을 기억하라.
너는 이 우주이며
이 우주가 너라는 것을 기억하라.

움직이고 있는 모든 것이 바로 너라는 것을 기억하라.
언어가 그들로부터 온다는 걸 기억하라.
그 언어는 춤이며, 생명이라는 것을 기억하라.

자연이 들려주는 말

척 로퍼Chuck Roper

나무가 하는 말을 들었습니다.
우뚝 서서 세상에 몸을 내맡겨라.
관용하고 굽힐 줄 알아라.

하늘이 하는 말을 들었습니다.
마음을 열어라. 경계와 담장을 허물라.
그리고 날아올라라.

태양이 하는 말을 들었습니다.
다른 이들을 돌보아라.
너의 따뜻함을 다른 사람이 느끼도록 하라.

냇물이 하는 말을 들었습니다.
느긋하게 흐름을 따르라.
쉬지 말고 움직여라. 머뭇거리거나 두려워 말라.

작은 풀들이 하는 말을 들었습니다.
겸손하라. 단순하라.
작은 것들의 아름다움을 존중하라.

모래 왕국

가네코 미스즈金子みすゞ

난 지금
모래 나라의 임금님입니다.

산도, 골짜기도, 들판도, 강도
마음대로 바꾸어갑니다.

옛날 얘기 속 임금님이라도
자기 나라 산과 강을
이렇게 바꿀 수는 없겠지요.

난 지금
정말로 위대한 임금님입니다.

자연을 위한 기도

조지 마테슨

생명의 하느님,
다른 피조물에 대한 사랑을 깨우쳐주소서.
그들이 숲 속에서 겪는 어려움
도시에서 겪는 푸대접을 기억하겠나이다.
당신이 우리에게 보여주신 보호자, 섭리자의 역할을
우리가 그들에게 보여주게 하소서.
들짐승을 잔인하게 대하지 않도록 금지하소서.
존경심에서 나오는 부드러움을 우리에게 주소서.
나보다 약한 피조물을 경애하도록 가르쳐주소서.
모든 생명의 물줄기는 당신의 생명에서 흘러나오는 것.
생명이란 지금도 우리에게는 신비일 뿐,
우리가 짐승과 새와 친하도록 도와주소서.
그들의 배고픔과 목마름, 피곤함과 추위,
집 잃고 헤매는 고통에 공감하도록 도우소서.
우리의 기도 속에 그들의 어려움도 끼워 넣도록 도우소서.

생명의 그물

테드 페리Ted Perry

우리는 모두 알고 있다
한 가족이 혈연으로 이어지듯
삼라만상이 모두 연결되어 있다는 것을.

지구에서 벌어지는 모든 일은
지구의 딸과 아들 들에게도 그대로 닥친다.
인간이 생명의 그물을 짜는 게 아니다.
인간은 단지 그 그물 속의 한 올일 뿐.
그 그물에 가하는 모든 일은
스스로에게 향한 것이니.

생명은

요시노 히로시吉野弘

생명은
자기 자신만으로는 완성될 수 없도록
만들어져 있는 듯하다
꽃도
암술과 수술이 갖추어져 있는 것만으로는
불충분하며
곤충이나 바람이 찾아와
암술과 수술을 중매한다
생명은 그 안에 결핍을 지니고 있으며
그것을 다른 존재로부터 채워 받는다

세계는 아마도
다른 존재들과의 연결
그러나 서로가 결핍을 채운다고는
알지도 못하고
알려지지도 않고
그냥 흩어져 있는 것들끼리
무관심하게 있을 수 있는 관계

때로는 마음에 들지 않은 것들도 허용되는 사이
그렇듯 세계가
느슨하게 구성되어 있는 것은 왜일까

꽃이 피어 있다
바로 가까이까지
곤충의 모습을 한 다른 존재가
빛을 두르고 날아와 있다

나도 어느 때
누군가를 위한 곤충이었겠지
당신도 어느 때
나를 위한 바람이었겠지

어디로 간 걸까

이반 라코비크 크로아터

어린 시절에 보았던 아름다운 풍경은 어디로 간 걸까
새가 가득 내려앉던 숲
저녁의 고요함은 어디로 간 걸까
우리는 계절의 아름다운 변화를 그리워하는
최후의 낭만주의자들일까
어린 시절 냇가에서 꺾던 꽃들은 어디로 갔을까
하얀 눈은
그것들은 이제 그림에서밖에 찾아볼 수 없는 것일까
기억해두자
지구의 얼굴은 우리의 얼굴과 같은 것
우리는 이 소행성의 여행자에 불과하며
우리가 소유할 수 있는 것은
이 세상에 아무것도 없음을

마지막 나무가 베어 넘어진 후에야

크리족 예언

마지막 나무가 베어 넘어진 후에야,
마지막 강이 더럽혀진 후에야,
마지막 물고기가 잡힌 뒤에야,
당신들은 알게 될 것이다.
돈을 먹고 살 수는 없다는 것을.

엮은이_ 정연복

연세대학교 영문학과와 감리교 신학대학 대학원을 졸업하고 현재 ≪한국기독
교≫ 편집위원으로 있다. 『함께하는 예배』(1990), 『오늘 우리에게 예수는 누구
인가?』(1991), 『가난한 사람의 눈으로 읽는 성서』(1995), 『아름다운 사람 아름다
운 신 예수』(1999) 등의 저서를 비롯하여 『신비주의 신학』(2000), 『냉전과 대학』
(2001), 『건강불평등: 사회는 어떻게 죽이는가』(2004), 『아메리카, 파시즘, 그리
고 하느님』(2007), 『지상의 위험한 천국』(2012) 등의 번역서를 냈다.

영혼의 울림
세계의 기독교 명시

© 정연복, 2013

엮은이 | 정연복
펴낸이 | 김종수
펴낸곳 | 도서출판 한울

편   집 | 조인순
표지디자인 | 이아란

초판 1쇄 인쇄 | 2013년 9월 10일
초판 1쇄 발행 | 2013년 9월 30일

주   소 | 413-756 경기도 파주시 파주출판도시 광인사길 153
          (문발동 507-14) 한울시소빌딩 3층
전   화 | 031-955-0655
팩   스 | 031-955-0656
홈페이지 | www.hanulbooks.co.kr
등록번호 | 제406-2003-000051호

Printed in Korea.
ISBN 978-89-460-4767-9 03800

* 책값은 겉표지에 표시되어 있습니다.